「やぁっ、イってるのに……イってるのにぃ……っ」
「まだだ、まだイけるぜ」「そう、天国はもう少し先ですよ」
（本文より抜粋）

DARIA BUNKO

兄弟サンドイッチ ～媚肉の宴～

秀 香穂里

ILLUSTRATION 黒田 屑

ILLUSTRATION
黒田 屑

CONTENTS

兄弟サンドイッチ　～触れられるとトロリと蕩けて…～　9
独占欲ラヴァーズ　～映画館の暗闇で隙間から兄弟の指が…～　45
溺愛エンドレス　～猫コスで甘く発情して～　87
熱情ゴージャス　～駆け引きで甘く落として～　117
甘蜜フューチャー　～欲しがる未来を描いて～　201
あとがき　222

兄弟サンドイッチ ～触れられるとトロリと蕩けて…～

「龍一《りゅういち》くん、こんにちは」

「……っす」

　大柄の男が目だけで挨拶《あいさつ》する。伏埜彰仁《ふしのあきひと》は彼のそんな態度にはもう慣れっこだから、笑顔で彼の隣にある椅子《いす》に腰掛ける。彰仁は大学二年生の二十歳。誕生日をこの前に迎えたばかりで、いよいよこれで自分も大人の仲間入りだと思うと胸がはやる。

　目の前にいるのは、御堂《みどう》龍一、十七歳の高校二年生だ。三か月前から、彰仁は家庭教師として彼に英語を教えている。大学でも英文科で学んでいるので、龍一に教えつつ、自分でも勉強している。家庭教師になったきっかけは、同級生の口コミだった。

『知り合いに、英語の家庭教師を探してるひとがいるんだ。授業料も結構いいぜ。彰仁、おまえやってみる？　この間、バイト先の喫茶店が突然店を畳んだって言ってたじゃん』

　そうなのだ。九州《きゅうしゅう》の実家を出て東京《とうきょう》でひとり暮らしをしている彰仁だが、仕送りだけでは少しきついので、講義のあとはアパート近くの喫茶店でアルバイトをしていた。のんびりとしたいい仕事だったものの、店主に病気が見つかり、おそらく長期療養になるとの話で、店を閉じることになったのだ。

　すぐに、次のアルバイトを探さねばと彰仁は焦《あせ》っていた。男にしては細身で目も大きめ、対してくちびるはちいさめで整った顔立ちの彰仁ではあるが、引っ込み思案なところもあるので、派手な仕事は向いていないと思っている。

そこへ、ちょうど家庭教師の話が舞い込んできて、彼はすぐさま飛びついた。英語なら得意分野だし、以前にも、小学生の勉強を見てやったことがある。

真面目に、誠実に、熱心に。この三つを守れば、生徒の学力はすぐに上がる。そう信じて、御堂家を訪れた彰仁は、高校二年生にしては男っぽい龍一に内心ちょっと怯《ひる》んだ。

ひと言でたとえると、龍一は大型犬だ。それも、鋭い牙《きば》を隠し持っているような獰猛《どうもう》さがある。まだ若いからだろうか。無愛想で、一度も笑顔を見たことがない。逞《たくま》しい体躯《たいく》をしており、胸板も厚い。足も驚くばかりに長く、なにも知らなかったら野生味を売りにしたモデルかと思うほどだ。龍一が発散する威圧に負けたら家庭教師は務《つと》まらない。とはいいつつも、いつも、彼の部屋に入る前にはこっそり深呼吸して気持ちを高めている。

「龍一くん、今日は僕がテキストを作ってきたんだ。これを訳すところから始めてみようか」

「難しそうだな」

テキストを見るなり、龍一は顔をしかめる。

「大丈夫。ひとつひとつのセンテンスは短めにしてあるよ」

教科書や参考書だけの授業では単調だろうからと、昨日ひと晩かけて作ったテキスト用紙を机に向かう彼の前に出した。

「時間は十五分。できるだけ正確に訳してみて。はい、スタート」

毎週水曜の夜八時からの二時間、こうして龍一と過ごす。

パン、と両手を打つと、龍一はちらっとこっちを見てテキストにシャープペンを走らせる。彼の様子を見守りながら、彰仁は龍一の室内をこっそり見回した。

八畳ほどの部屋に、机と椅子、セミダブルのベッドがある。クローゼットは造り付けのようだ。男子高校生としては、きちんと片付いているほうではないだろうか。壁には海外のサッカー選手のポスターが貼られている。飾りはそれぐらいなもので、あとはすっきりしている。ベッドの片隅に、パジャマ代わりらしいTシャツとハーフパンツがくしゃっと丸めて置かれているのを見て、年相応を感じて、ちいさく微笑《ほほえ》んだ。

「先生、できた」

「え、もう？」

慌《あわ》てて腕時計を見ると、まだ十分も経っていない。

龍一から用紙を受け取り、チェックする。完璧だ。繊細なニュアンスの文章も、最適な言葉に置き換えている。

「すごいね。もうちょっと手子《てこ》ずるかと思ったけど、百点だよ。ううん、百点以上かも」

「……先生の教え方がうまいから」

言って、ふいっと顔をそむける龍一は照れ屋らしい。そんなところもなんだか好ましくて、

「じゃ、教科書を開いて。授業より先を行こう」と言った。

すると、龍一は目を眇《すが》め、狙《ねら》い澄ましたように言ってくる。

「──今日は、俺からリクエスト。教えてほしいことがあるんだけど」

「うん、なに？」

龍一が顔を寄せてきて、そっと耳元で囁《ささや》く。

「セックスの仕方、教えてくれよ」

「……な、……っ」

艶《つや》やかな低い声は、大人の男のそれみたいだ。

セックスという言葉にびくっと身体を震わせると、龍一は可笑《おか》しそうに肩を揺すって笑う。

余裕たっぷりといった彼を見るのは初めてだから、胸が高鳴る。なんだか、龍一のほうが年上みたいだ。

「まさか経験なしってわけじゃないだろ？　俺に手取り足取り教えてよ」

「なんで、そんなこと──……僕が……だいたい、きみはまだ高校生だろう。そんな……セックスとか、早いと思う」

「早い遅いの問題じゃないだろ。逆に、なにも知らないで大人になるほうが怖くねえ？　間違った知識で相手を傷つけたらどうするんだよ。正しいマナーを覚えることも大事だと思うんだけど」

「それは、そうかもしれないけど、……だけど、僕も、きみも男だよ。セックスなんてできるわけがない」

語調が荒くなるのは致し方ないことだ。

セックスなんて、できるわけがない。してはいけないのだ、自分みたいな人間は。

――呪われた身体だから。

右腕で左腕をぎゅっと掴《つか》み、熱っぽい視線を向けてくる龍一から顔をそらした。

「相談する相手を間違ってるよ。僕は……役に立たない。その、彼女に訊《き》くとか」

「……彼女がいるわけねえだろ。こんな可愛い奴を前にしてるのに」

ぼそりとした声が低すぎて聞き取れず、「なに？」と訊いたのだが、「なんでもねえよ」とあしらわれた。

「男同士だってセックスできるだろ。孔《あな》、ちゃんとあるんだしさ」

直接的な言葉に、かっと顔が熱くなった。顔どころか、耳まで熱い。

絶対に、絶対にできない。セックスとは無縁の一生を送るつもりなのだから、煽《あお》るようなことを言わないでほしい。

「きょ……、今日はもう帰る」

テキストをかき集めると、「待てよ」と龍一が腕を掴んで引き寄せてくる。あまりに強い力だったから身体のバランスを崩し、「あっ」と龍一の胸に倒れ込んだ。

「な、なに、龍一くん……っ、ん……！　んんぅ……！」

片手で彰仁のうなじを強く掴み、もう片方の手でちいさな頤《おとがい》をつまむと、龍一は噛み付くようにくちづけてきた。最初から容赦ないキスでくちびるを何度も噛まれて、彰仁は涙を滲《にじ》ませながら彼の胸を必死に叩《たた》いたが、逆に押さえ込まれてしまう。

「っく……ん、……は……ぁ……っ」

しかも、ただくちびるを重ねるだけではなかった。息苦しさに喘《あえ》ぐと、ぬるりと肉厚の舌がもぐり込んでくる。龍一の舌は彰仁の口には少し大きいようで、啌内《こうない》を蹂躙《じゅうりん》されると苦しい。

「ン、――っん……あぁ……りゅう、いち、……く、……っ」

熱い唾液《だえき》がたっぷりと伝ってくる。舌を深く搦《から》め捕《と》られてちゅくりと吸われ、呪わしい身体の中心がじぃんと熱くなっていく。まさか、男とのキスで感じるはずがないと思いたいのに、身体は違うらしい。龍一の情熱的なキスに、口ではとても言えないような場所が、とろりと溶け崩れていく錯覚に陥る。

――どうしよ……気持ちいい。こんなキスをされたら、おかしくなる……。

「キスだけで感じるのか。先生、可愛いぜ。自分がどんな顔をしてるか、わかってねえだろ」

「どんな、顔……？」

「男を誘ってる顔だよ。邪魔な服をひん剥《む》いてめちゃくちゃに犯してやりたくなる」

鼓膜に向けて色気のある声で囁かないでほしい。凶悪な高校生だ。たったひと言ふた言で彰仁の自由を奪い、強烈な抱擁《ほうよう》で虜《とりこ》にする。

「だめ、だ……絶対、だめ、……」

堕《お》ちるわけにはいかない。快感に煙《けぶ》る頭を必死に振り、彼の胸に手をあてがった。抵抗されるのも計算の内に入っていたのだろう。龍一はふっと鼻で笑い、いきなりジーンズの前立てを掴んできた。

「もうがちがちだ。先生のここ、どうなってるか見せろよ」

「……だめだ！」

思いきり龍一を押しのけるのと同時に、部屋の扉がノックされた。

「――龍一、先生？」

「……っ」

「ちっ、兄貴か」

龍一が舌打ちする。それから彰仁の乱れた髪を指で整え、目顔《めがお》で「座れ」と言う。

力なく椅子に座り込む彰仁を見つめ、龍一は「入れよ」と扉に向かって言った。

がしゃりとノブを回して入ってきた男は長身で、怖いほどに整った造作をしている。龍一から荒々しさを取り去り、品格と鋭さを入れたら、こんなふうになるのだろう。

「勉強中にすみません。なにか揉《も》めていたような気配があったから」

フレームレスの眼鏡をかけた御堂章吾《しょうご》は、龍一よりも十一歳上の兄だ。二十八歳の彼は名のある商社勤めをしており、スーツ姿が板についている。

龍一の勉強を見る日は、かならず挨拶に来てくれる。仕事で忙しいだろうに、十分かそこら世間話をしてくれる大人の章吾に会えるのが、ひそかな楽しみだった。これほど対照的な兄弟もなかなかいないだろう。ふたりで外を歩いていたら、さぞ目を引くに違いない。研ぎ澄まされた美貌《びぼう》を持つ章吾に、野性味のある弟の龍一。

そんなふたりに、内心強く惹《ひ》かれていることは絶対に秘密だ。

くちびるに指を当てている彰仁を見やり、章吾は腕を組んでため息をつく。

「先生にご迷惑をおかけしているんじゃないだろうな、龍一」

「勉強でわかんねえところを訊いてただけだ。それより兄貴、帰ってくるの早いじゃん。いつもは十時過ぎなのに」

そう言って、龍一はなにかを思いついたように笑う。

「……そういや、最近水曜日は早く帰ってくるよな。先生に会いたいからか」

「そうだと言ったらどうする」

大人の貫禄《かんろく》で龍一の言葉を弾き返す章吾は、余裕綽々《よゆうしゃくしゃく》だ。龍一は横柄でふてぶてしいが、章吾のような計算高さはまだないようだ。おもしろくなさそうにまた舌打ちしている。

「先生、今日はもうお帰りですか」

「あ……、……はい」

デイパックを掴んでいる彰仁に、章吾は安心するように笑いかける。

「では、車でお送りしますよ」

「いえ、まだ電車がありますし」

「この時間、電車は酔っ払いも多い。それに男性でも夜道をひとり歩かせるのは不安だ」

言葉を切って、章吾は目を眇める。それが、龍一ととてもよく似ていて、背筋がぞくりと甘く震える。その震えがなぜ甘美なものなのか、自分でも説明がつかない。

どうすればいいのだろう。章吾の誘いに乗ってしまっていいのだろうか。龍一が不機嫌そうにしているのを見ると、快諾《かいだく》しにくいが、確かにもう遅い時刻だ。

「先生、兄貴の車に乗っていけよ。俺も一緒に送る」

「おまえは勉強していろ」

「兄貴と先生をふたりきりにしたらなにが起こるかわかったもんじゃない」

章吾と龍一が視線を交えて火花を散らす。慌てて、「あ、あの」と間に割って入った。

「……じゃあ、お言葉に甘えます。僕のアパートはここからふた駅先になります」

「わかりました。では、行きましょうか」

恐縮する彰仁の肩を抱き寄せ、龍一が勝ち誇ったような顔を章吾に向ける。しかし、章吾は鼻先で笑っただけだった。

彰仁には、けっして誰にも言えない秘密がある。一生抱えていくことになるこのつらい秘密を、誰かに打ち明けてしまって楽になりたいと思った時期もあった。だが、そんなことをできるわけがない。秘密のせいで、両親も腫《は》れ物に触るような態度だ。絶対に、真相には踏み込んでこないことが、余計に彰仁を孤独にさせた。

友人はなんとか作れるが、恋人はできない。無理だ。誰かを抱くことも、誰かに抱かれることもできない我が身が呪わしくて悲しい。セックスはできなくても、せめて抱き締められることの悦《よろこ》びぐらい知りたいのに。

——でも、龍一くんは抱き締めてくれた。苦しくなるぐらいに、強く。

あの一件があってから一週間後、彰仁は龍一の家に向かう前に書店に立ち寄った。個人授業まではまだ余裕がある。なにかおもしろい本を買って、気分を変えたい。

人気のミステリー小説や恋愛小説を買ったあと、書棚の下のほうに黒い背表紙を見つけた。なんだろうと手に取って、思わず頬《ほお》が熱くなった。裸の美少女が縄《なわ》で縛られ、恍惚《こうこつ》とした顔を見せている。いわゆる、官能小説というやつだろう。大学の同級生はみんなAVを見ているみたいで、活字でエロティシズムを得ることはないようだ。もちろん、彰仁も。

好奇心にそそのかされて、ぱらぱらめくってみた。いたるところに、「あぁ……っ」とか、「だめ、……悦《い》いっ、感じちゃう……っ」と破廉恥《はれんち》な台詞《せりふ》が入っていて、刺激的だ。

こういうのも、エロ本というのだろうか。カバーをつけてもらったら、普通の文庫と変わりなさそうだ。

　他人と触れ合えない身体なのだから、こういうファンタジーで己を慰めたい。AVだと、直接的すぎて少し苦手なのだ。意を決して官能小説も買い、カバーをつけてもらった。

　まだ時間はある。近くのカフェに入ってアイスコーヒーを注文し、早速さっきの官能小説を取り出した。清楚《せいそ》な美少女が叔父《おじ》と甥《おい》ふたりがかりで犯され、官能の華を咲かせていくという内容らしい。叔父は年の功らしくねっとりと濃密な愛撫《あいぶ》で、甥は若々しく荒っぽいセックスを仕掛けてくる。とても口に出せないような卑猥《ひわい》な言葉遣いを貪《むさぼ》り読み、頭の底がじんわりと熱くなる。

「はぁ……」

　こんなセックスをしているひとが、どこかにいるのだろうか。

　ちょっとだけ、羨《うらや》ましい。我を忘れるような体験を自分もしてみたい。ふたりがかりというのも、スパイシーだ。セックスは一対一でするものという考えがあったから、３Ｐはひどく新鮮に映る。

「……できるわけ、ないか」

　もぞりと身じろぎし、美味《おい》しいアイスコーヒーを飲み干す。身体の奥がしっとり濡れてきているような気がするが、努《つと》めてそこから意識を離し、会計してもらった。

　十五分後には、彰仁はいつものように龍一と一緒に参考書を開いていた。

「では、ここの助詞なんだけど……」

一週間前の出来事などなかったような真面目な顔で、龍一は彰仁の講義を聴いている。

あれは、きっとただの戯《たわむ》れだったのだろう。垢抜《あかぬ》けない彰仁をからかっただけなのだ。そう思うとほっとする反面、ひどく寂しかった。

触られて秘密を知られたらと恐れるのに、興味を持ってくれたこと自体は嬉しかったのだ。大学内でもあまり目立たないし、ひととは一線を引いてつき合っているから、興味を抱いてほしいというのも無茶な話ではあるのだが。

あのときの龍一は勢いがあって、止めようがなかった。

それこそが、いまの彰仁が強く欲しているものなのかもしれない。

いやだ、だめだと言っても暴かれて、秘密を知られてなお、執拗《しつよう》にいたぶられて愛されたら
――そう、さっきまで読んでいた官能小説のように。

「……先生、今日なんかコロンつけてる？」

「え？　いや、つけてない、けど」

「ふぅん、すごくいい匂《にお》いがする」

くん、と鼻を鳴らし、参考書を閉じた龍一はどきどきしている彰仁をしばし見つめていたが、突然、「あのさ」と言う。

「今日の先生、なんか変だ」

「変って……どんなふうに？」

「色っぽいんだよ。たまんねえよ……たまに思わせぶりなため息ついて。いい匂いまでさせて」

　机に頬杖をついて、龍一は視線を彷徨《さまよ》わせていたが、机のすぐ横に立てかけていた彰仁のデイパックに目をつけると、それを手に取る。

「あ、……！」

　止める暇もなく中を見られ、龍一がカバーのかかった文庫を取り出す。

「だめだ！」

「なに、そんな血相変えて。エロ本か？」

　にやりと笑いながら龍一は文庫をめくり、目を丸くする。

「ホントにエロ本だ。あんた、こういうのが趣味？」

「趣味って……違う、今日初めて買って、たまたま書棚にあったから——なんとなくこういうのもいいかなって」

　意気込んで言い募り、はあはあと息が切れる。秘密を知った龍一はにやにやし、彰仁の腕を掴んだ。

「龍一くん……！」

「いいから、ここに座れ」

　椅子に腰掛けた龍一が足を開き、その間に背中を向けた彰仁を座らせる。

そして、彰仁の首筋にふうっと息を吹きかけ、ちろりと舌を這《は》わせてくる。

「りゅういち、……っく、ん……」

「……『おまえは感じやすい子だ。もっとここを舐《な》めてほしいのだろう？』」

それは、ついさっき目にした、小説内の台詞だ。叔父が初めて美少女を抱くときに、異様に敏感な身体だと知って嬲《なぶ》るのだ。

文字を目にするだけでも胸が弾んだのに、龍一の低い声で奏《かな》でられると、見えない鎖《くさり》で手足を縛られてしまったような気になる。

「『〝舐めてください〟と言いなさい。びしょびしょにしてほしいのだろう』」

「あ、っ、……あ……や……ぁ……っ」

龍一の手が、平らな胸をシャツの上からまさぐる。そこには柔らかいふくらみなどないのに、乳首をひねるようにきつく揉み込まれて、ずきずきしてくる。

「『おっぱいも悦いのか。いやらしい子だ。気持ちいいなら、そう言いなさい。でないと、やめてしまうぞ』……だってさ。やめていいのか？」

「や、や……ッン……んん、……っく、……――い、い……」

「どこが気持ちいいんだ。言わなきゃわからない。俺は出来の悪い生徒だから」

「そんな……」

目に涙をうっすら浮かべ、彰仁は肩越しに振り返ると、龍一がくちびるの端を吊り上げる。

彰仁は両手でそれぞれ龍一の膝《ひざ》を掴んでいた。そうしないと、身体を支えていられない。

「……龍一くん……」

「言えよ。おっぱいが悦いって。言えたら直接触ってやる」

そう言う間にも龍一は彰仁の胸を揉み込む。下から寄せ上げ、手の真ん中に当たる乳首をキュキュッとねじ掴んできた。そのいやらしい指先に陥落し、彰仁は深く息を吸い込んだ。

「あ……ぅ……ん……悦い、りゅういち、くん、……おっ、ぱい……、すごく気持ちいい……」

「……っくそ、おかしくなりそうだ。こっち向け」

「っん、――……ンっふ……ん、んっ」

顎《あご》を掴まれて舌を挿《い》れられた。彰仁の舌をしゃぶるようにし、龍一は咥内を荒々しく舐《ねぶ》ってくる。

この先どうなるのか、まったくわからない。だけど、龍一になら、なにをされてもいい。いつの間にかそんなふうに考えている自分に驚いた。

ずっと、このまっすぐで無愛想な男に惹かれていたのだ。自分よりも二つ年下で、勢いがある。自分の欲しいものは欲しいと言える力強さが好きだ。

熱いキスでぐったりとなる彰仁を抱き締め、龍一が下肢に手を伸ばしてきたときだった。

こんこんと扉を叩く音がする。

「……ッ！」

たぶん、兄の章吾だ。

「黙っておけばいい」

「で、でも……っあ、……！」

シャツのボタンを外され、手がするりと肌に直接触れてくる。ただ触られているだけなのに、ひどく気持ちいい。このまま乳首を弄《いじ》られ続けたら、射精してしまいそうだ。

「あっ、あぁ……っ」

声が殺せない。すると、「先生、龍一？」という声とともに扉が開いた。

「あ……！」

「先生……、龍一、おまえ……！」

チャコールグレイのスーツを粋《いき》に着こなした章吾が部屋に入ってきて、はしたない場面に目を瞠《みは》っている。

怒られる。出ていけと言われるに違いない。

「俺から仕掛けたことなんだ。怒るなよ。こんな感じやすくて可愛い身体、放っておけないだろ」

愛撫で真っ赤に染まる乳首をつまんで引っ張りながら、龍一が笑う。「あ、あ」と感じ続ける彰仁に目を移す章吾はなにごとか考えるような顔つきだ。

「……龍一の愛撫で、感じているんですか。先生？」

「ん……っ……ごめん、なさい、僕……、こんなの、初めてで……っ」

どう制御すればいいのかまったくわからない。龍一の指先は不埒《ふらち》すぎる。

しゃくり上げる彰仁に、章吾は笑いかけてきた。そして、髪を指で梳《す》いてくる。

「素直なひとだ。そういうところが私はたまらなく好きなんですよ。先生、私のことをどう思っていますか?」

「え、……っあ、……」

龍一の兄である章吾をどう思っているか。もちろん、好ましく思っている。こんな大人になれたらという憧《あこが》れの対象だ。龍一を教えているときよく顔を出してくれて、お茶やお菓子を差し入れてくれることもある。その名を聞けば誰でも知る有名商社のやり手営業マンだと龍一から聞いたことがあった。そんな章吾が、わざわざ自分のような者を気にかけてくれることそのものが嬉しいのに、好きだと言ってもらえるなんて。

ぼうっとのぼせながら、彰仁は、「……好き、です」と打ち明けた。

「章吾さんのこと、……すごく好きです。憧れていました」

「俺はどうなんだよ、先生」

「龍一くんのことも……好きだよ」

「どちらかを選ぶことは?」

章吾におもしろそうな声音で問われて、悩み抜いた末に頭を横に振った。

「……選べない。ふたりとも違った魅力があって、惹かれてしまうんです」

「ふふ、可愛いな。……じゃ、龍一、ふたりで彰仁さんを分け合おうか？」

「兄貴と？」

うさんくさそうに言うが、その間も龍一は胸をこりこりと弄っている。肌は汗ばみ、男たちの視線に晒《さら》されて燃え上がりそうだ。

「仕方ねえな。ま、いいさ、俺のほうが絶対に悦《よ》くしてやるから」

「待って、……その前に、僕……」

「彰仁さん？」

章吾が前にかがみ込み、彰仁のそこに触れようとしている。ジッパーをいまにも下ろそうとする男の手を止め、彰仁は何度も息を吸い込んだ。

どうしよう。言うべきか秘密にしておくべきか。だけど、彼らを好きだと言ってしまった。本心のままに身体をゆだねたら、すぐにも秘密のありかを知られてしまう。

そのことを事前に言えば、少しはショックも薄れるだろうかと思う。いきなり、目にするよりかは。だけど、気味の悪い身体だと言われる可能性もある。

「なんでもどうぞ。私はあなたの言うことなら、どんなものでも受け止めますよ」

「俺も。こんなに夢中になったのは先生が初めてなんだ」

章吾と龍一に口々に言われ、やっと決心がついた。

震えるくちびるで、「僕……」と囁く。喉《のど》がからからだ。

「僕、……じつは、……身体の一部が、女の子、なんです……」

「身体の一部が？」

「――女の子？」

ふたりとも顔を見合わせている。それもそうだろう。たぶん、一度も目にしたことがないだろうから。覚悟を決めて、彰仁は立ち上がった。そして、ふたりの目の前でゆっくりとジーンズを脱ぐ。その下はボクサーパンツだ。先走りで下着に濃い染みができているのが恥《は》ずかしい。

「先生……」

ごくりと息を呑《の》む龍一の視線が、痛いぐらいだ。章吾も見守っている。

「ここ……僕の、ここに、……女の子のものが……ついてるんです」

悩みを振り切ってボクサーパンツを脱ぎ落とし、びくんと勃《た》ち上がったペニスを掴んで上向けた。

「あ……！」

「これは……」

ふたりが驚きの声とともに下肢に見入る。

そこは、誰にも明かしたことのない秘密。両親以外は知らない秘密。やや小ぶりの性器の奥に、はっきりとした割れ目があり、つい先ほどの愛撫でつやつやに濡《ぬ》れ光っているはずだ。

「男性器と女性器の両方があるということですか……」

「割れてるだけじゃなくて、奥まで孔があるのか？」

「うん……以前、お医者様が孔はちゃんとあるって言ってた。子宮はないけど、造りは女性器そのものだって」

「じゃ、クリトリスもあるんですね？」

確かめるように言う章吾に、顔を真っ赤にしてこくりと頷《うなず》いた。性的にうずうずすると、ペニスはおろか、皮膜に包まれたちいさなクリトリスまでじんじん甘く刺激されてしまって、何度困らされたことか。

「ずっとあなたひとりで抱えてきたんですね……大変だったでしょう」

労《いたわ》りに満ちた声に、「気味悪いと思わないんですか？」と声を震わせた。

「思わねえよ。むしろ、愛してやれる場所が増えて嬉しいぐらいだぜ、な、兄貴」

「おまえの言うとおりだ。私は彰仁さんのクリトリスをたっぷり舐めてあげますよ」

大胆不敵に言ってのけるふたりに涙が滲む。

「僕、こんな身体だから、誰とも愛し合ったことがないんです……章吾さん、龍一くん、この身体……もらってくれますか？」

「骨までしゃぶり尽くしてやる」

「あなたに、男と女――両方のよさを教えてあげますよ」

ふたりが手を差し伸べてくる。

四本の手が身体に絡みつき、彰仁は幸福のあまり涙をこぼした。


「あ……」

彰仁の喘ぎを、正面にいる章吾がくちびるの中に呑み込む。

龍一のセミダブルのベッドで、三人は睦《むつ》み合っていた。男が三人となると若干きついが、かえって密着できるからこれもいいのかもしれない。

「舌を突き出してみなさい。そう、そうだ」

「あ、ん、ん、……ぁ……」

くちびるから舌をのぞかせると、章吾がちゅくりと食《は》んでくる。そのまま頭を前後に振るものだから、まるでくちびるでセックスしている気になる。ちゅぽちゅぽと淫《みだ》らな音を立てて舌を吸われる間に、背後にあぐらをかいて座る龍一が再び胸に手を伸ばしてくる。弄り回されて硬く腫れぼったくなった乳首を根元からこりこりとよじり、先端を強く擦《こす》る。

「そういや、彰仁のおっぱいって少しふっくらしてるな……ここにも、女の子の成分が入ってるのか」

「わからな、いけど……龍一くんは、いや？」

「……いやなわけねえだろ。あんたみたいな可愛い男は見たことねえよ」

いまにも喉を鳴らしそうな声の龍一に、章吾が低く笑う。すでに裸になっている龍一に比べて、章吾はまだシャツのボタンも外していない。ネクタイが少し乱れているだけなのだが、それがやけに色っぽく見える。胸は弟に任せ、章吾は下肢の秘密を暴くことを決めたようだ。

「膝を立てて。……ああ、いい、奥までぐしょぐしょだ」

「……っん……！」

ペニスの先端からも透明なしずくがあふれているのだが、章吾の興味をそそるのは、その奥でひくつく秘裂のようだ。誰にも触らせたことがないだけに、会陰《えいん》の色素はまだ薄い。

「色も、ほんのりピンクだ……なんていやらしいんだろう。感じる場所が五つもあるなんて」

「いつつ、……？」

「両の乳首。ペニス。クリトリスに、アナル」

章吾はにやりと笑って、しとどに愛液を漏らす会陰に指をすうっと滑り込ませてきた。

「あ、あ……！」

初めて触られて、背筋がぞくんとたわむ。

「ちいさい場所だが、男を受け入れることはできそうだ……」

「兄貴、彰仁のクリトリスは？」

「ん、まだ皮に包まれているな。彰仁さん、ここはどうですか？」

「あぁ……ッ……！」

薄い皮をめくってちいさな肉芽《にくが》を擦られ、びぃんっと強い快楽の電流が全身を走り抜ける。

「や……やだ……っ！」

あまりに強い刺激に怖くなって頭を振ると、章吾はあやすように甘くちゅっとくちづけてきて、そのまま舌を吸いながらクリトリスを人差し指の腹で転がす。

「ん、ん……ぅ……ふ、……ん……ぁ……っ」

意識せずとも、だんだんと声が甘くなってしまう。それも当然だ。章吾はクリトリスの愛撫を熟知しているようで、やさしく転がしてつまみ、そっと引っ張る。かと思ったら、蜜が次々にあふれ出す割れ目にも指を忍ばせてきて、入り口を拡げるかのようにくの字に曲げた指を浅く挿入してくる。

「これだけじゃ可哀想だな。せっかくの初めてなんだ。感じまくってもらわないと」

「んく、……っう、ぁ、――あ――ああっ……！」

ぐいっと両膝を広げてくる章吾が、股間に顔を埋める。そして、弄られてぷっくりと赤くなった肉芯をぺろりと舌で舐め上げてきた。途端に、狂おしいほどの快感が駆け抜ける。

「やぁ……っ！」

いままでに感じたことのない激しい絶頂感にがくがくと全身を震わせ、彰仁はわけもわからずに射精してしまった。とぷとぷとあふれ出る精液を会陰に塗り込みながら、章吾はねろりと孔の中へ舌先を挿《さ》し込んできた。まだ絶頂のさなかに、この仕打ちはきつい。びく、びく、と身体中を震わせながら余韻に浸るうちに、次第に会陰が熱を持ち、両側にふっくらと開いていくのが自分でもわかる。

「私の舌が気に入ったようだ。こんなに開いて……男の指も初めてですか？」

「っ、はい……」

「そりゃそうだよな。おっぱいだってこんなに感じやすいなんて、俺たちしか知らない」

両手を使って胸を全体的に揉みしだく龍一が笑う。ずっと触られているせいか、ひどく敏感になってしまった乳首はツンと生意気にそそり勃ち、いまでは先端をつままれるだけで感じてしまう。

男性でもあるし、女性でもある。こんな中途半端な身体を誰が愛してくれるのだろうと思い悩んだ日々が嘘《うそ》のように、章吾と龍一の愛撫は濃密だ。後ろからも前からも攻められて、どこにも逃げ場がない。そのことが、いまの彰仁には嬉しかった。好きなひとに抱き締めてもらえるだけでも嬉しいのに、余すところなく見ていやらしいと褒めてくれる。

「先生がこんなエッチな身体してたなんて……もっと早くに手を出せばよかったぜ」

「んっ、ん、……あ、ん……りゅういち、くん、……だめ、乳首……そんなしたら、形、変わっちゃう……」

「いいだろ。俺だけが囓《かじ》ってやる。さっきよりだいぶ大きくなったぜ。これで吸いやすくなる」

「私も彰仁さんの乳首を囓りたいんだが」

「兄貴は俺のぶんまでクリトリスを舐めてるだろ」

「ふふっ、そうだった」

　章吾は笑ってクリトリスをちゅくちゅくと舌で転がしながら、だんだんと柔らかくなっていく割れ目にそっと指を挿れていく。

　きっと、破瓜《はか》の痛みがあるはずだ。どれぐらい痛いのだろう。身体が裂けてしまうだろうか。

　それに、さっき、アナルも感じるところだと言われた。ということは、後ろの孔にも、章吾から龍一が挿《はい》ってくるということだ。

　おずおずとした気持ちが伝わったのか、龍一はベッドヘッドに置いていたボトルを手に取り、「これ、なんだかわかるか？」と訊いてきた。

　ピンクの液体が入ったボトルに彰仁は首を傾《かし》げた。

「ローションだよ。今日は絶対あんたに手を出そうと決めてたから、用意してたんだ」

「ローション……あっ、しょうご、さん……！」

「ここからあふれる愛液でも足りる気がしますが、初めてのセックスだ。ローションを使ったほうが衝撃は少ない」

　そう言って、章吾は目の奥をのぞき込んできた。

「私たちに任せてください。絶対につらい思いはさせない」

「……はい」

視線を絡めながら、頷く。章吾は信用できる男だ。もちろん龍一も。

ひと肌に温めたローションを塗りやすいようにと、身体をひっくり返された。ベッドに横臥《おうが》する龍一に跨《また》がるような格好になっていて恥ずかしい。彼の上で四つん這いになると、後ろで、章吾が尻の狭間《はざま》にとろーっとローションを垂らす。温かく濡れた感触にぞわぞわする。怖いような、気持ちいいような、不思議な感覚だ。柔らかな花弁《かべん》の中まで丁寧にローションを塗り込まれ、また身体が疼《うず》いてくる。薄い恥毛もローションまみれだ。

初めてなのに、クリトリスも、蜜壺の中もじわっとした熱に覆われていた。とくに、蜜壺の中の疼きはひどくて、もっと指が欲しいと思ってしまうほどだ。

章吾が尻をまさぐりながら、割れ目の中に指をぐしゅぐしゅと出し挿れし始めた。

「あぁっ……ン――ふ……あ、……っう、ん……」

「おしっこはどちらでするんですか？」

「あ、……こっち、です」

羞恥に悶《もだ》えながらペニスを指すと、章吾は「ふぅん」と満足そうな顔だ。

「尿道はペニスにあるんですね。でも、ここはちいさくても女性の形をしている」

「こんなにいい身体が手つかずだったなんて奇跡だよなぁ……」

「りゅう、いち……くん、……あ、当たってる……」

「当ててんだよ」

ふっと笑う龍一がごりっと下肢を押しつけてくることで、凶悪なまでに昂《たか》ぶった男根のありかを感じさせられる。

「どっちに挿れようかな……」

舌舐めずりする龍一が頬にくちづけてきた。

「兄貴、彰仁の女の子の部分、柔らかくなったか？」

「ああ、もうぬるぬるだ。孔もだいぶ解《ほぐ》れている」

「んじゃ……俺が彰仁の女の子を奪ってやるよ。兄貴は、後ろからアナルに挿れろよ」

「え……ふたりいっぺん？　そんなの……、できる、のかな……」

「できますよ。あなたは身体が柔らかいから、私たちの熱に充分応《こた》えてくれそうだ。彰仁さん、お尻を少し上げてくれますか」

「っは、い……こう、ですか？」

「そう、……うん、あなたのエッチな部分が丸見えだ。割れ目もアナルもひくひくしている」

女性器と男性器の両方がついていることに、ふたりとも興奮しているのだろう。彰仁の声が嗄《か》れるまで弄り回す。アナルもローションでぐちゅぐちゅと押し拡げられ、熱を孕《はら》ませられた。

本来そこは男を受け入れる場所ではないのだが、章吾の指で抜き挿しを繰り返されてほのかに腫れた前立腺を撫《な》で擦られると、腰が勝手に動いてしまう。

「あ、っあ、んっ、ふ、んぅっ……」

秘裂に龍一の雄《おす》を擦りつけられ、アナルには手早く服を脱いだ章吾のペニスがあてがわれる。

先に、龍一が挿ってきた。割れ目をぎちぎちに拡げながら、雄大な肉棒が突き込んできて、
彰仁は涙を滲ませながら、ああ、と身体を反らす。

「おっきぃ……龍一、くん……っあ、龍一くん……っ」

「やっぱきついな、彰仁の女の子……すげえ気持ちいい……熱くてぬるぬるだ」

下から突き上げてくる龍一になんとかしがみついていると、後ろの孔も拡げられた。

「っく……ぅ……！　章吾さん……っ」

「痛い、ですか？」

「ん――ん……っ」

加減しながら章吾が後ろから雄をねじ込んでくる。ふたつの濡れた孔を男のもので埋められて、どうにかなってしまいそうなほど気持ちいい。挿れられただけでも射精しそうなのに、これでめちゃくちゃに動かれたらどうなってしまうのだろう。

「兄貴」

「ああ、わかってる」

「え、え？　――あ、あぁっ、や、ぁ……っんや、……んん、悦い……っだめ、だめ……！」

「どっちなんだよ」

　龍一が笑う。ふたりが同時に動き出し、彰仁の火照《ほて》った中を犯す。皮がめくれて露出したクリトリスも龍一の男根に当たってしまう。太く浮き立った筋が肥大した肉芽を擦ると、精液以外にもなにか漏らしてしまいそうなほど強烈に気持ちいい。

「悦い、っすごい、……あぁ……深い……っ」

　ずく、ずちゅっ、とふたり同時に穿《うが》ってきて、彰仁の中を造り替えていく。女性器は龍一の形に、アナルは章吾の形に。愛液がどんどんあふれ出す女性器で感じるのはともかく、アナルに男根をはめられて喘ぐ自分が浅ましくてつらいが、やめてと言えるはずもない。

　章吾が腰を振りながら、尻を軽く叩いてきた。その衝撃に、「あっ」と声が出てしまう。

「気持ちよさそうな声だ……もしかして、彰仁さんはＭっ気があるのかな？」

「わ、かんな……っぅんー、んーっ……ああ、っぁ……抜かないで、……！」

　ずるぅっと大きなものを引き抜く龍一にしがみつき、尻からも出ていこうとしている章吾を引き留《と》めるために、きゅうっと甘く締め付けた。これにはふたりとも呻《うめ》き、前よりもっと深く突いてくる。

「悦い、あ、……あ、だめ、……もぉ、……イく……なんか、ッきちゃう……こんなの、初めて……っ」

「何度でもイかせてやる。さっきから精液がたっぷりあふれてる。イきっぱなしなんだな、可愛いぜ」

「彰仁さんには、私たちふたりぶんの精液をそそいであげます。たっぷり出してほしいでしょう？」

「うん、……は、い……出して、ください……僕の中に……っいっぱい、出して……っ」

無我夢中で尻たぶを自分で掴んで引っ張り、章吾と繋《つな》がっている場所を晒す。強く反り返った章吾の怒張が孔の中の美味《うま》さを味わうように何度も出たり挿ったりして、熱を植え付けていく。中で、ふたりのものが擦れ合うような錯覚を味わう。とくに奥をごりごりと擦られると、その錯覚が強くなった。そのせいで、龍一と章吾ふたりがかりで犯されている事実を強く実感できるのだ。

ふたりとも、息が荒い。

「……彰仁、一緒にイくか」

「ん、ん、イきたい……っ！」

「私も、ですよ」

「あぁっ、章吾さん、龍一、くん、あっ、あっ、イく、イくっ――……んっあぁ……！」

汗ばんだ肌をぶつけ合い、三人は複雑に絡み合って絶頂に達した。前の秘裂に呑み込んだ龍一の男根がどくりと精液をあふれさせ、後ろのアナルに突き込んだ章吾のペニスが最奥の秘膜に亀頭を淫らに擦り付けて射精を始める。

「あっ、あ、くっ――あぁっ」

彰仁も、目の前が真っ白になるような絶頂感を味わっていた。ペニスは再び白濁を散らし、女性器もきゅうきゅうと収縮を繰り返して甘い蜜でじんわりと濡れていく。

こんな快感、味わったことがない。射精を続ける兄弟が動くたびに甘い声が漏れるし、クリトリスを指でつままれるとすさまじい快感が何度も襲いかかってくる。

「っすごい、……こんなの知ったら、もう、……もう……元に戻れな、い……」

「俺たちがずっとそばにいる。だから、あんたはもっと淫乱《いんらん》になればいい。な、兄貴？」

「ええ。こんなふうに三人で愛し合うのもいいし、龍一には内緒で彰仁さんの女性器におもちゃを咥《くわ》え込ませて、後ろから犯してあげるのもいいですね。……彰仁さんのお尻、とても悦いですよ。中が蕩《とろ》けそうだ」

「あ……んっ……動いちゃ……や……」

「兄貴がそう言うなら、俺だって。俺はそうだな……彰仁に割れ目のついたエッチなパンティを穿《は》かせて、外で嬲ってやるよ。もうそろそろ花火大会があるから、浴衣《ゆかた》、着てこい。浴衣をまくって後ろから犯してやる。ぷっくりしたクリトリスもヌルヌルになるぐらい弄ってやるよ。俺、彰仁のこのクリトリスが可愛くてエロくて好きなんだ。今日は我慢していたから、今度舌でいっぱい舐ってやる。俺の唾液と、あんたの愛液を混ぜ合わせよう」

「愛してますよ、彰仁さん」

「俺も、愛してる」

口々に言われ、期待に胸が熱くなる。わずかな不安もあるけれど、龍一と章吾なら、きっと大切にしてくれる。秘密の身体を熱くしてくれる龍一にそっとくちづけて肩越しに振り返り、彰仁は笑顔で章吾ともキスをする。

むくり、と中で硬さを取り戻したのはどちらが先だっただろう。

「あ……」

「来いよ」

「今度は私が下になりましょう」

手を取られ、自由を奪われ、快感を次々に与えられる。

「ん……」

陶然《とうぜん》とした顔で彰仁は瞼《まぶた》を閉じ、彼らのために身体を熱くしていった。


「はぁ……まだくらくらする」

「すみません。私も龍一もがっつきすぎましたね」

「だって、彰仁がエッチだからいけないんだろ。まだヤリ足りない」

ひと息ついて、彰仁は苦笑いしながら身体を起こす。何度も交わったあと、三人はシーツが綺麗な章吾の部屋のベッドに移り、交代でシャワーを浴びた。彼らの両親が旅行中だったのは不幸中の幸いだ。

清潔な肌になり、龍一から借りたぶかぶかのTシャツを身に着けた彰仁の両側に、章吾と龍一がそれぞれ座る。

ぐうっと腹の鳴る音がする。

びっくりして音のしたほうを見ると、龍一が耳を赤くしていた。

「しょうがねーだろ！　全力で貪ってたんだからさ」

「色気がない……と言っても、確かに、私もお腹が空きました」

くくっと笑う章吾が、「彰仁さんは？」と頬にくちづけてくる。クールに見えて、意外にもスキンシップ好きだ。

「僕も、ぺこぺこです」

言うなり腹が鳴ってしまい、三人で笑ってしまった。

「じゃ、なにか食べに行きましょう」

「焼き肉がいい。駅前の。肉をたらふく食ってスタミナつけたら、今度はまた彰仁を補給する。俺のことで彰仁をいっぱいにしたい」

龍一が肩を抱き寄せてきて、頬にそっとくちづけてくれる。荒っぽく見えて、じつはとてもやさしい男だ。

そんなふたりに愛された彰仁は彼らの手を掴み、それぞれのくちびるにたどたどしくくちづけ、にこりと笑った。

「……帰ったら、続き、してくれます？」

「……あー、もー、あんたそれ反則」

「大変な小悪魔ですね。参ったな、私はどれだけあなたに夢中になればいいんだか」

声を立てて笑い、彰仁、章吾と龍一は立ち上がる。そして、親しげに肩を寄せ合いながら、部屋を出ていった。

独占欲ラヴァーズ ～映画館の暗闇で隙間から兄弟の指が…～

伏埜彰仁《ふしのあきひと》は、最近少し悩んでいる。誰にも言えなくて、自分だけの胸にしまっている出来事だ。

——求められすぎて、怖い。

よく行く表参道の喫茶店で彰仁は頬杖をつき、窓の外を見る。真冬の街は、裸になった街路樹がいかにも寒そうだ。いつもはこの店で紅茶を頼むのだが、今日は芯から温まりたくてココアを注文した。白いカップの縁についた茶色のしずくを指ですくい取り、ぺろっと舐める。濃くて、甘い。

——だけど、龍一《りゅういち》くんや章吾《しょうご》さんのアレのほうがもっと濃くて……。

ふわりと頭の中が熱くなる。ひとりでいると、どうしても彼らのことを思い出してしまうのだ。

高校二年生の御堂《みどう》龍一と、十一歳上の兄である章吾。彼らに愛されるようになってから、彰仁の毎日は大きく変わった。

龍一の家庭教師として、彰仁は御堂家に出入りしていた。そこで龍一に強く求められるようになっただけではなく、エリートサラリーマンの章吾にも愛されている。つまり、ふたりの男に欲しがられている。そんなことはもちろん誰にも言えないけれど、代わる代わるこの身体に押し挿れられるたび、満たされて、嬉しくて、言葉にならない。

だが、やっぱり不安なのだ。

いまはまだふたりとも夢中になってくれるけれど、ある程度時間が経ったら、彰仁のことも——そして身体の秘密のことにも慣れてきて、いつかは飽きてしまうのではないだろうか。

カップの底に残ったココアを飲み干して、もう席を立とうと思うのに、寒い外に出ていく勇気がなかなか出てこない。こんなふうに、御堂兄弟の熱い愛にずっとくるまれていたいと願うのは、欲が深いだろうか。

ぼうっと窓の外を見つめていると、ひとりの男が店の前を通りかかり、扉を開けて中へと入ってくる。カラン、と可愛い鈴が鳴り、そちらに顔を向けると、スーツ姿の章吾が少し驚いた顔で立っていた。

「彰仁さん、奇遇だな」

「章吾さん」

慌てて立ち上がると、章吾は笑いながら近づいてくる。

「せっかく会ったんだ。一緒になにか飲みましょう」

「あ、でも……お仕事の合間の休憩じゃないんですか。お邪魔になりませんか?」

「とんでもない。ココアを飲んでいたんですか?」

「はい、美味しかったですよ」

「なら、私もココアをもらおう。あなたは?」

「ん、じゃあ今度は紅茶を」

こんなところで出会うなんて、偶然でも嬉しい。

章吾にココアが運ばれ、彰仁の前にはレモンティーが置かれる。

「この近くに、得意先があるんですよ。彰仁さんは？」

「前に、友だちがここに連れてきてくれたんですよ。なんでも美味しくて、以来ファンになってしまって。気に入っている文房具屋も近くにあるので、たまに来ます」

「そうだ。あとでその文房具屋に連れていってもらえませんか？　使っていた万年筆をどこかで置き忘れてしまったみたいなんだ」

「ぜひぜひ。その店、いい品ぞろえですよ」

お互いに熱い飲み物を口にしながら、他愛ないことを話す。理知的で、冴《さ》えた美貌を誇る章吾が眼鏡を押し上げる姿が、彰仁はたまらなく好きだった。大人で、声も落ち着いている。性的な衝動とはまるで無縁のように見えるが、この身体に触れてくる指は怖くなるほどに情熱的で気持ちいい。

なんとはなしに彼の指を見つめていると、章吾はちらっと笑い、カップを掴む彰仁の指をつついてくる。

「なにかいやらしいことを考えている目だ」

「そんな……！　そんな、こと……」

「私があなたを抱いたのはもう一週間前のことだ。龍一とはセックスしてますか」

「して……ません」

低い声は彰仁だけに聞こえるのだろうか。慌てて店内を見回す。午後三時過ぎの喫茶店は八割ほど埋まっていて、読書をしたり、連れと話し込んでいたり。こちらを気にしている者はいないと思いたいが、大胆な章吾がなにを言い出すかわからない。

章吾はおもしろそうな目をし、ゆったりと足を組む。そして、彰仁のくちびるに軽く指を滑らせた。

「この可愛い口に、私を咥え込ませたいな」

「っ、ぁ……」

じわりと熱を孕むくちびるがうまく閉じられない。

「私はこのあと、時間に少し余裕がある。彰仁さんは？」

誘惑めいた目遣いを撥《は》ねのけられるほど、彰仁は冷たくない。熱い紅茶をひと口飲み、くちびるについた甘い液体をちろりと舐め取る。赤い舌先を、章吾がじっと見つめていると知っていて。

「……空いて、ます。買い物しようと思っていただけだから」

「では、昼下がりの情事と行きましょうか。一度、あなたの可愛い身体を独り占めしてみたかったんだ。龍一にバレたらうるさそうですがね」

くくっと笑う章吾が伝票をくしゃりと掴んで立ち上がり、彰仁も慌ててそのあとを追った。

声が甘くなっていくのが自分でもわかる。背の高い章吾に腰を抱えられて彰仁は顔を上向かされ、舌をきつく吸い上げられていた。ちゅくりと舐る音が頭の中で大きく響く。

章吾が連れてきてくれたのは、表参道から少し歩いた渋谷《しぶや》寄りのシティホテルだ。真っ昼間から男ふたりで入るのはどうなのだろうと危ぶんだが、都心にあるせいか、ロビーにあるラウンジはスーツ姿のサラリーマンたちで賑わっており、章吾と彰仁もすんなりと紛れ込むことができた。

高層階のツインルームに入るなり、背の高い章吾に肩を掴まれて壁に押しつけられ、ねっとりと口腔《こうこう》を舌でまさぐられた。さっき、喫茶店でなぞられたくちびるも甘く噛まれて、膝が震え出す。

「章吾、さん……」

冷静で大人の章吾は、彰仁がおかしくなってしまうほどの念入りな愛撫を施してくれる。いつも、もうだめ、お願いだからとしゃくり上げても身体中を舐め尽くしてきて、いつか章吾に蕩かされてしまうんじゃないかと思うぐらいだ。

「――は……ぁ……ッ……ぅ、……っん……」

「いい声だ。彰仁さんの可愛い喘ぎ声を聞いていると、悪戯をしたくなるな。……ここに」

「っ、あ」

するっと後ろに回った両手で尻をきつく捏ねられたかと思ったら、ジーンズの上から縫い目をなぞられる。指で押される感触に彰仁は息を詰め、章吾のネクタイにしがみついた。

「や、……っしょう、ご、さん……」

「もしかして、もう濡れてる？　あなたのここは敏感だから。とくに――女の子のところはね」

耳たぶを噛まれながら囁かれて、背筋がぞくりと震える。章吾の指はジーンズの前を開き、下着越しに硬くなっているペニスに軽く触れたあと、そこをぐいっと持ち上げるようにして、中へと挿ってくる。

「あっ、あ、っ、や、だ……ぁ……っ」

甘く、切ない声が漏れ出てしまう。

「なにがいやですか？」

耳殻《じかく》を噛みながら、そこを擦らないでほしい。ジーンズが床に落ちて、下着姿になった彰仁の小ぶりな尻を章吾は揉みほぐし、いまにも外にこぼれ出そうなペニスと陰嚢の間をじっくりと撫でる。普通の男でもそこは敏感な場所だろうが、彰仁の身体は特別だ。ペニスからだけではなく、もうひとつの性器から蜜がじわりとあふれ出し、下着にじっとりと染みを作ってしまう。

「もっとよく見せてください」

「あ、……待って、ま……っ！」

形ばかりの抵抗をする彰仁を壁に押しつけて、章吾は後ろに回って膝をつく。そして、彰仁から下着を剥《は》ぎ取って裸の尻を両手で掴んでぐいっと両側に押し広げ、そのあわいに形のいい鼻を埋めてきた。

「あ、……ッあ、……ぅ……ン……っ」

章吾の鼻先、そして熱っぽいくちびるを押し当てられて、いやでも腰がずり上がる。

「ぐちゅぐちゅになっているじゃありませんか……いい匂いだ」

「っひ、──……ぁ……あぁ……！」

章吾が尖らせた舌先を割り込ませてきたのは、彰仁の秘密の場所──女性器だ。男の身体に生まれながらも、彰仁は女性器も持ち合わせていた。子宮はないのだが、孔は奥まである。そのことを家族以外で知っているのは、章吾と龍一の兄弟だけだ。

「クリトリスがぬるぬるで美味しいですよ、彰仁さん」

章吾が話すたびに敏感な部分に息がかかって、もどかしい。

「や、んっ、やぁ、……だめ、そこで、喋《しゃべ》った、ら……っ」

淡い色をしているちいさなクリトリスは、章吾の舌と指で転がされ、ぷっくりと形を変えていく。

「あっ、ン……はぁ……っ」

彼らに出会うまで、自分でもろくに触ったことのないそこを舐められるなんて。まだシャワーも浴びていないのにと罪悪感で胸が燻《くすぶ》るが、ふわりと立ち上る情欲の香りを章吾は好んでいるようで、彰仁の肉芽をちゅぷちゅぷとしゃぶり、舌先で捏ね回す。

くちびるで挟まれてきゅっと引っ張られると、びぃんと弦《げん》が強くしなるような激しい快感がほとばしり、彰仁は立ったまま身体をしならせて達してしまった。

壁をかきむしり、泣きじゃくり、達したばかりのクリトリスをちゅうっと吸い上げてくる章吾の名前を許しを請《こ》うように何度も何度も呼ぶが、熱い絶頂に追い込まれていく。

快楽でぐずぐずに蕩けた身体では、もう立っていられない。

「……いい子だ。クリトリスでの達し方を覚えたようですね。ここ、もっと大きくしてあげましょう。下着の上からでもわかってしまうぐらいにね。――でも、今日のお楽しみはこれからですよ」

「え……？」

がくがくっと床に頽《くずお》れる彰仁を素早く抱え上げ、章吾はゆうゆうとベッドへと歩み寄る。

このままきっと貫かれてしまう。強い欲求を感じて不安と嬉しさに胸の裡《うち》を揺らしていると、彰仁をベッドに寝かせた章吾は脇に座り、鞄を手にする。

そして、中から黒い布のようなものを取り出した。

「これ、穿いてみませんか?」

「あの、……これ、え? 下着、ですか?」

「そう。あなたのいやらしい場所にぴったりな下着だ」

章吾が下着を指で広げて見せてくれる。艶のあるサテンでできた下着は、女性物ではないだろうか。

「スキャンティ……とか」

「ふふっ、穿けばわかりますよ。ね? 私の可愛い彰仁さん」

やさしくくちづけられると、頭の底がふわりと熱くなり、言うことを聞きたくなってしまう。つるりとした感触のそれをたぐり寄せて、なんとか足を入れて引っ張り上げた。伸縮性のある生地だから破けることはない――が、しっかりと腰骨に引っかけてみて、彰仁は愕然《がくぜん》とした。

「あ、の」

「ん? ああ、穿けたみたいだ。見せてみなさい。後ろを向いたら、両手をついてお尻を上げてみて」

「でも、これ……!」

彰仁が顔を真っ赤にするのも無理はない。

黒のスキャンティはクロッチの真ん中に切れ込みが入っており、足を少し広げただけでもぱっくりと割れ、ペニスはおろか、薄い恥毛や、赤らんで濡れる陰唇《いんしん》まで露出してしまう。これでは下着を穿いている意味がなかった。なんだか、すうすうして、落ち着かない。

耳まで赤くする彰仁がもじもじと黒のスキャンティを隠そうとする姿に章吾は微笑み、「大丈夫」と囁いてきた。

「その下着の秘密は私しか知らない。いつでも弄ってあげますから、少し外に出ましょうか」

「う……」

怖いほどの誘惑に、頭がぼうっとしてくる。割れたままでは愛液が滲み出してしまうのではないかと恐れたが、よく確かめてみると、布地が重なっているため、足を開いたり、誰かに指を挿れられたりしなければ大丈夫そうだ。

——指を挿れられたりって、誰に？

黙っていると余計なことばかり考えてしまいそうだ。章吾が乱れた衣服を直してくれて、外へと誘ってくれる。

「あの、……部屋、せっかく取ったのにもったいないないですか」

「大丈夫。あとでまた来ますよ。彰仁さん、明日の予定は？」

「明日は一日休みです。部屋の掃除でもしようと思ってました」

「掃除、か。なるほど……いいな」

「章吾さん？」

なにごとか考えている章吾は彰仁の肩を抱き、「ちょっと買い物に行きましょう」と言う。

「あなたに似合うエプロンを買いましょう」

「エプロン？」

「そう。赤がいいかな。彰仁さんは華やかな色合いが似合うと思う。ん、でも、きりっとした青もいいかな」

冷静な章吾らしくなく楽しげな顔だ。そんな彼を見るのは彰仁も嬉しいから、少しの間、いやらしい下着のことは忘れ、肩を並べて渋谷駅まで歩いていった。

駅直結の百貨店に入り、日用雑貨の階まで上がる。そこで売られているエプロンは数が多く、生地もしっかりしている。

「赤、……かな。でもこっちのシンプルな黒もいいな。こっちのフリルは？」

フリルがたっぷりついた白のエプロンをあてがわれて、彰仁は頬を染める。

「僕、男です」

「だから可愛いんじゃありませんか。ちょっといやがっているあなたは最高に可愛い」

「……章吾さん、ちょっとSっ気がありますよね」

「そういうところも好きなくせに」

ああ言えばこう言う章吾と、顔を見合わせて笑ってしまった。弟の龍一とは屈託なく話せるのだが、大人の章吾相手になるとやはり緊張してしまって、なかなかうまくいかなかったりするのだ。

章吾は赤と黒のシンプルなエプロン、そしておまけに白いフリルエプロンを買い求め、次にスマートフォンを取り出す。彰仁が紙袋を受け取ると、章吾は綺麗なウインクをして、「——もしもし？」と話し出す。

「ああ、私だ。家にいるのか。これから帰るから、そのまま家にいてくれないか。……ああ、そうだ。わかっている。じゃあな」

短い会話をしたあと電話を切り、章吾がさりげなく肩を抱いてくる。

「では、行きましょうか」

「あの、どこへ」

「——あなたがもっと乱れる場所に、ですよ」

鼓膜に染み込むセクシャルな声に、彰仁は目を瞠った。


「なんだ彰仁、どれも似合うじゃん」

「だろう、私の見立てだ」

「あの……ええと……」

困惑する彰仁は、章吾と龍一兄弟の前で顔を赤らめつつ、エプロンの裾《すそ》をぎゅっと握《にぎ》り締める。あれからまっすぐ彰仁は章吾の自宅に連れてこられ、学校から帰ってきたばかりで制服姿の龍一の前に出された。もともとは、龍一の家庭教師としてふたりに出会ったのだから、家に行くことにはさほど抵抗はない。

だが。

「なんでそんなにうつむいてるんだよ、彰仁。可愛い顔が見えない」

「だって、この格好……！」

にやにやする龍一にぱっと顔を上げて言い返したものの、エプロン越しに乳首をツンとつつかれ、よろめいてしまう。

「ッぁ……！」

「だめだ、まだ全然触ってねぇんだから、もうちょっと耐えろ」

龍一の私室で彰仁はふたりがかりで服を脱がされ、抵抗する間もなくエプロンを着せられた。赤、黒と楽しんだふたりは、最後に白のフリルエプロンを着せてきた。その合間に、乳首やペニス、柔らかな割れ目を競うように弄られたせいか、フリルエプロンを身に着ける頃にはすっかり息が上がっていた。

彼らにしてみたらほんのちょっとの悪戯なのかもしれないが、感じやすい彰仁にとってこの仕打ちはつらい。

こころから信頼し、好きという感情を持っている章吾と龍一の手で触れられると、いつどこでも発情してしまいたくなる。

火照った素肌に白のフリルエプロン。そして黒のスキャンティだけを身に着けた彰仁は潤んだ目で目の前のふたりを見上げた。雄々しい野生の獣のような強い視線の龍一。研ぎ澄まされた美貌を持つ章吾。

まるで正反対のふたりは、誰にも秘密にしている身体を持って生まれた、少し内気で、真面目な彰仁を愛し抜いている。愛しているからこそどちらも引かず、ふたりで彰仁を求め合うことに決めたのだ。

「エロいな……そそられる。彰仁って可愛い顔をしてるくせに、身体はめちゃくちゃ感じやすくてやらしいんだよな。たまんねぇよ」

龍一の低い声が、欲情に火を点ける。

エプロンは丈が短いので、あまり身動きすると大事なところが見えてしまいそうだ。龍一の机を背に立ち、彰仁はふたりの視線を感じながら瞼を伏せる。これからなにがどうなるのかまったくわからなくて、少し怖い。そして、たまらなくドキドキする。

「――では、彰仁さんにちょっとだけお手伝いをしてもらいましょうか。はい、これ」

「え？」

章吾から畳んだぞうきんを渡され、目を丸くする。

「それを使って床を拭いてくれませんか。龍一の部屋はフローリングで、埃《ほこり》が溜まりやすい。

まめに掃除しておかないと私が落ち着かないんですよ」

「あんたは細かすぎ。でも、彰仁、俺からも頼む。簡単に拭くだけでいいからさ」

「……わかった」

床を拭くだけなら、としゃがみ込み、両手をついてみてどきりとした。

ほんのお飾り程度に尻を隠していたエプロンが割れてしまって、これでは黒のスキャンティが丸見えだ。そのスキャンティですら割れ目が入っているのだから、床掃除のために身体を動かしたらどうなるか。

「ほら、彰仁」

龍一に髪をやさしくまさぐられて、彰仁は耳まで赤くする。

「だめ、だよ。これ……全部見えちゃう、し……エッチすぎる……」

「それがいいんじゃん。彰仁の女の子がぬれぬれになってひくついてるとこ、見たいんだよ。上手にできたらご褒美あげるからさ」

龍一のはしたない言葉に、身体の奥がきゅうっと甘く引き攣れる。

もう何度愛されたかわからないぐらい、この身体は彼ら兄弟の蜜でたっぷりと濡らされた。それでもまだ欲しくて、そんな自分が止められなくて、彰仁は上目遣いに龍一たちを見ながら、ぎこちなく乾《から》ぞうきんで床を拭き始める。

肉襞が密やかに擦れ合って、にちゃり、と濡れる音がしたような気がした。

「すげぇ……興奮してきた。もうどろどろじゃねぇか。おい兄貴、俺に黙って彰仁を抱いてねぇだろうな」

「さあな。感じやすい彼が、こんなにもいじらしく濡らしているのにはちゃんと理由があると思うが？」

直情的な弟を焚《た》き付けた章吾が低く笑う。彰仁はくちびるをきゅっと噛み、両手を前に突き出す。綺麗な床だと思うのだが、章吾はこれぐらいじゃ満足しないのだろう。そのうち、一点の曇りもなく磨き上げたくなってきて、彰仁は真剣に床を拭く。

床掃除に励めば励むほど、丸く白い尻がエプロンから現れて左右にふりふりと可愛く揺れ、スキャンティの奥にある割れ目も慎ましやかに濡れて開いていく。

アナルも龍一たちに念入りに愛されているせいで密やかに色づき、男の指を誘うかのようにひくひくしていた。

――見られている。ふたりに。奥の、奥まで。

そう思うと、いますぐ逃げ出したいような、もっと尻を突き出したいような、どっちともつかない激しい欲求に振り回される。自分でも怖くなるほどの衝動は、きっとふたりにも伝わったに違いない。

「っ、たまんねぇな……！」

「あ……！　やだ、だめ、だよ、龍一――くん……っ」

唸り声を上げる龍一がすかさずジーンズの前を開き、ぶるん、と大きくしなる雄を取り出して尻を掴んできた。にゅるっ、と強い亀頭で陰唇からアナルを何度も擦られ、びりびりと指まで痺れるような快感に泣きたくなってくる。

「いますぐ挿れてぇ……なあ、どっちがいい？　アナルと女の子、どっちが犯されたい？」

上擦《うわず》る声は若さの表れだ。こんなにも強く求められて、拒めるはずもない。にゅるっ、ぬぐっ、とペニスがアナルと濡れそぼる割れ目を擦ってきて、たまらない。

どっちも欲しい。ほんとうはそう言いたかったが、あまりに欲深すぎて嫌われるだろうかと思ったら、喉の奥が締まった。

「……あ、……っ、うし、ろ、……して……っ」

「わかった。突きまくってやるよ」

「っん、ん……！　あぁ、りゅういち、くん、おっきぃ、……っ！」

後ろから獣のように突き込んでくる龍一が、最初から激しく揺さぶってくる。奥までねじ込まれた怒張は彰仁の弱い最奥を突き、ぬるぬるとした先走りで潤してくる。

龍一とのセックスがたまらなく気持ちいいのには、互いに分泌する体液が多いからというのがある。蜜を漏らす彰仁に、龍一はたっぷりとした温かな体液を混ぜ込んでくる。

軽く射精したのではないかと思うぐらいの量を最奥の膜に擦り付けてくる龍一からはいやらしい匂いが立ち上り、情欲をかき立てられるのだ。いまも、ぬるついた亀頭でごりごりと内壁を擦り上げ、彰仁のうなじに噛み付いてくる。

「あ——ァッ、ぅ、ん、悦い、りゅういちくん、んっ」

「悦すぎだろ彰仁……なんでこんなぐちょぐちょなんだよ。……こっちも、ほら」

龍一が突きながら手を前に回して割れ目を探り、硬くしこったクリトリスをくりくりと解して引っ張る。その指先があまりにも淫らで、彰仁はしゃくり上げながらびくっと身体を震わせた。そのたびに、きゅん、と中を甘やかに締め付けてしまうのが、龍一にも悦いみたいだ。

せっかく床を拭いたばかりなのに、ぱたぱたっと白濁が散っていく。

「っ、イっちゃう、出ちゃ、うっ、あ、あ、っ」

「あー、締まる……すっげぇ悦い……」

射精する彰仁のペニスを扱く龍一の腰遣いが早くなる。もうこのまま溶け合ってしまいたい。熱のこもった身体で応えようとすると、髪を掴まれて顔を上向かされた。

「私を忘れていませんか？」

「あ、……しょうご、さん……っぅ、ん、む……っ」

濡れた目で彼を見上げると、前をくつろげた章吾が硬い雄を取り出して彰仁のくちびるに挟み込ませてきた。ひざまずいて男のものをしゃぶる彰仁は夢中になって口の中の硬さを味わう。上顎に当たる亀頭がすごく悦い。なめらかで、硬くて、先端の割れ目から滲み出る先走りはいやらしい味がする。

じゅぽっ、ぐしゅっ、と淫らな音が響くのは、下肢とくちびる、どちらだろう。ふたりの男に愛されて、苦しいぐらいがちょうどいい。

喫茶店で、くちびるをなぞられたときから、こんなふうになることを知っていた気がする。口の中を使って抜き挿しする章吾のペニスをたっぷりと舐めて育て上げ、頬や瞼を先端でぬぐぬぐと擦られる。彼からも強い雄の匂いが立ち込めていた。

腰にすがり、ペニスを咥えながら章吾を見上げると、情欲を浮かべた目とぶつかる。普段の冷静な彼からは想像できない素顔に胸が締め付けられそうだ。

「しょうご、さん……っ」

「いま、出してあげます」

言うなり、章吾が髪を掴んで激しく腰を振る。じゅぽじゅぽと咥え込まされる彰仁は咳《せ》き込みそうだが、懸命に彼のものを根元から握り込んで舐め続けた。

「彰仁ん中、濡らしてやる」

尻を掴んで押し挿ってくる龍一が痛いほどにぶつけてきて、中を満たし、クリトリスも捏ねる。もう、どこからのざわめきかわからないほどに身体が浮き立ち、彰仁はふたりに犯されながら身体を大きくしならせて再び極みに達した。今度の絶頂感も、身体の奥底からこみ上げてくる獰猛なほどの衝動だ。

「——ん、ン、っぁ……ッ……！」

「く……っ」

「……出る……ッ」

びゅるっと飛び出るふたりの熱いしずくで、腟内も、身体の奥もしとどに濡らされていく。受け止めきれないほどの濃い精液の匂いに噎《む》せ返りそうだ。

「もっと……濡らして、……」

章吾の雄を吸い上げながら指で扱き、後ろの孔で龍一を締め付ける。

——僕にはもうひとつ、感じる場所がある。

クリトリスは龍一が散々甘やかしてくれるから気持ちいいけれど、蜜をたっぷりと放つ肉壺がきゅんきゅんと疼いていた。

そこで感じるようになってしまったのも、章吾と龍一兄弟のせいだ。いままでは、放っておかれると、自分で弄りたくなるぐらいで困ってしまう。

一度目の欲を出し終えて少しだけ満足したのか、章吾は彰仁の口からずるりと引き抜き、まだ隆起したそれを捧げ持って頬のラインをなぞってくる。

「もちろん、私はまだ満足していませんよ。彰仁さんは私たちふたりだけのものだ。龍一、そのことをもっとわかりやすく示してみないか？」

達したばかりの龍一は彰仁の身体にべたべたと触ってくる。乳首をつまんだり、肉芽を撫でたりと落ち着かない。まだ、し足りないのだろう。

「いいぜ。次はどこでする？」

龍一の好戦的な声に、章吾は眼鏡を押し上げて不敵に笑った。

熱く疼く身体をなんとかシャワーで我慢させ、彰仁たちは再び雑踏の中へと来ていた。今日はなんだか慌ただしい。昼間、喫茶店で章吾と出会ったあと、彼の家に連れていかれて、兄弟ふたりがかりで愛された。これだけでももう充分な気がするのだが、意外にも貪欲な章吾は彰仁をさりげなくエスコートし、渋谷の賑わいを通り抜けていく。反対側には龍一が歩いていて、通りすがりの女の子たちの視線を浴びていた。骨っぽく男らしい龍一を羨望《せんぼう》のまなざしで見つめたあと、冷ややかに整った容姿の章吾にはっと息を呑む。

女性たちの熱い視線を浴びても動じない彼らの強さを内心羨み、彰仁もまっすぐ前を向いて歩く。ふたりには到底勝てないだろうが、ひとりいじけているのもいやだ。以前は、身体の秘密があるばかりにどんなことにも臆《おく》していたけれど、章吾と龍一に愛されるようになって、少しは自信がついた。

――とくに、章吾さんと龍一くんは、僕の中の女の子をとびきり大事にしてくれる。男である部分も怖いぐらいに愛されるのに、女の子のほうはもっと……。

「どうした、彰仁。なんだか目が潤んでるぞ。もうしたくなったか？」

「あ、……ちが、違う。ちょっと考えごとしてただけ」

くすりと笑う龍一に肩をぶつけられ、慌てて顔を上げた。

ふと、章吾が足を止めたので、彰仁たちもかたわらのビルを見上げる。

「映画館？」

「そうだ。いま話題の恋愛映画をやってる」

「えー、恋愛かぁ……苦手なんだけど俺」

口を尖らせている弟に、兄は苦笑している。

「おまえはもう少し恋愛に聡くなれ。彰仁さんを愛し続けたいならな」

「僕はいまのままでも充分しあわせですよ。ふたりともやさしいし、……その、情熱的だし」

「お褒めにあずかり光栄。私はともかく、龍一は無粋ですからね。こういう映画でも観て勉強しないと」

「はいはい、わかったよ。観りゃいいんだろ」

肩を竦めている龍一に笑い、彰仁は章吾とともに映画館へと入っていく。『私が誘ったのだから』と言って、チケット代は章吾が出してくれることになったので、飲み物代は彰仁が出した。

「俺は？　なんか買わなくていいのか？」

「あ、だったら、見終わったあとにパンフでも。ね、章吾さん」

「そうだな。それとも、龍一には焼き肉でも奢《おご》ってもらうか」

「うえー、勘弁。このメンツでたらふく食ったら絶対に俺破産する」

「いつも破産させられている身になれ」

席についてもやり合っている兄弟に挟まれ、彰仁はくすくす笑ってしまう。

「ほんと、仲いいですよねふたりとも」

「えー？　こんな陰険《いんけん》兄貴と仲がいいなんて冗談だろ」

「私も遠慮願いたいな。……と言いたいところだが、彰仁さんを愛し合う仲間としては、まあそれなりに認めてやってもいい」

「あんたもな」

ふっと鼻で笑う弟に、章吾は仕方なさそうに笑っている。

そうこうしているうちにシアター内は人々で埋まり、いよいよ映画が始まった。ハリウッド映画で恋愛ものを観るなんて、あまりないんじゃないだろうか。章吾が選んだのだからと期待に胸を高鳴らせていると、開始五分でヒロインが全裸になった。

「な……っ」

目を丸くする彰仁と龍一は映画に釘付《くぎづ》けだ。年の離れた男性に恋をしてしまった女性の話なのだが、のっけからいきなりセックスシーンだ。

黒い下着を淫らに脱いでいくヒロインの形のいい胸が揺れ、やがてふたりは繋がり、セックスを愉しむ。シアター中に喘ぎ声とベッドの軋む音が広がり、いたたまれない。

そっと隣を窺《うかが》うと、章吾はスクリーンにじっと見入っている。反対側の龍一も。

自分だけそわそわしているのかと思ったら、恥ずかしくなってきた。

もっと真面目な気持ちで観なければと姿勢を正したときだった。

手が、伸びてきた。しかも両側から。

「っ、……！」

暗がりの中、章吾と龍一の手はぶつかり合い、威嚇しながら、手早く彰仁の前をくつろげていく。

どうしよう。こんな場所で触られて、おとなしくなんかしていられない。一度は彼らの手をそっとはねのけたけれど、やっぱり忍び寄られて、はぁ、と甘いため息を漏らした。

「少し……腰、浮かせ」

「ん……でも……」

低い囁きにぼんやり頷き、腰を浮かせる。すると、左隣の龍一の手がジーンズをゆるめて、スキャンティの割れ目からびくんと育つ肉茎を取り出し、ゆっくりと扱き出す。

「……あ……」

視線はスクリーンに向けていても、息を切らしてちらっと見下ろすと、先端をじわりと濡らした性器に大きな手が絡みついていて、ひどくいやらしい。

どうしよう、とまたも胸の裡で繰り返す。こんなところで擦られたら、周囲にバレてしまう。

するると、右隣の章吾が顔を近づけてきて、彰仁のこめかみにくちづけ、スキャンティの縫い目をなぞったあと、龍一が弄るペニスの下を通って、肉芽をつまみ上げた。

根元から少しきつめにクリトリスをよじられて、彰仁は必死に肘掛けを掴んで喘ぎを殺す。

さっき交わったばかりだから、まだ身体中に熱が残っていて、どうにかなりそうだ。

「私の愛撫がお気に召したみたいだ。こんなにふくらませて……可愛いひとだな。ここが映画館じゃなければ、丹念に奥まで舐めてあげるんですが」

「ん、……っぁ、だめ、……そんな――章吾さん、くちゅくちゅしたら……ッ」

身をよじる彰仁は二か所を同時に攻められて、夢見心地だ。シャツの下では、乳首がつらいほどに尖りきっているような錯覚に襲われる。男の指の愛撫を覚えた乳首をちょっと弄られるだけで射精してしまうぐらい、最近は感じやすくなっていた。

「彰仁、映画は観ないのか」

「バカ……！」

悪戯っぽく笑う龍一にじゅくじゅくっとペニスを扱かれて、彰仁は必死にくちびるを両手でふさいだ。

どうしよう。ほんとうにイってしまう。ここで精液を漏らしてしまう。

「っく……！」

びくんと背中を反らしてもう意識を手放してしまおうかと思った瞬間、ふっとふたりは合図をしたかのように手を離し、彰仁をうながして席を立つ。

「……っぁ、……」

「すみません。彰仁さん、行きましょう」

「は、……はい」

前後と両隣に謝って、三人席を離れる。真ん中の彰仁は茫然《ぼうぜん》と操り人形のように手足を動かした。背後の章吾がちいさく笑いながら手にしたコートでうまいこと下肢を隠してくれていることにも気づかず。

シアターを出て、よろめく足取りでどこに行くのかと思ったら、ふたりに手を掴まれてトイレに連れ込まれた。

「も、しかして、ここで……?」

「ああ」

肩で息をし、ふたりを見上げる。上映中のトイレだから静かなのだが、誰も入ってこないだろうか。おそるおそる龍一と章吾を見つめると、章吾に両頬を掴まれ、強くくちびるをふさがれた。

「んぁっ……ん、っぅ、……う、ん……っ」

「気持ちよさそうな声ですね。ここには私たちだけだ。もっと喘いでみせなさい」

章吾にきつめに舌を吸い上げられ、搦め捕られる。駆け引きのようでいて、最初から強く求めてくるこのキスが大好きだ。だから彰仁も唾液を絡めてうずうずと舌を擦り合わせ、伝ってくる温かいしずくをこくりと飲み込んだ。龍一と章吾のとろとろしたもので身体中を満たしてほしい。

懸命に背伸びをして背の高い章吾の逞しい胸にすがりつくと、背後に回った龍一がトイレの床にひざまずき、手早くジーンズと下着を引き下ろして尻を両側に押し広げる。

「すっげぇやらしい匂い……彰仁のここ、女の子もぐしょぐしょだぜ？　糸引いてる」

「や、やだ、……見たら……あ、奥、ん、――待って、啜っちゃ、や、だ……っ」

龍一の温かな舌が尻の狭間を這い、くにゅりと先端を曲げてクリトリスをつついてくる。ぷくんと丸っこくなっていた肉芽は男の舌を悦《よろこ》び、ますます淫猥にしこる。舐められれば舐められるほどに熱く潤う泉からも愛液がしたたり落ち、太腿の内側までも濡らす。

ちろちろと尖った舌先が陰唇を舐め啜り、淫らにふくれる肉芽をちゅるっとしゃぶって吸い出される。クリトリスが龍一のくちびるで柔らかに引っ張られて、もっと大きくなってしまいそうだ。

甘い刺激に両足を震わせ、彰仁は掠れた声でせがんだ。もう少し強い刺激を加えられたら、漏らしてしまいそうだ。

「ん――やぁ……イき、たっ、い……！」

「クリ舐めでイくの好きだよな彰仁。いいぜ、何度でもイけよ。ほら……っ」

「んーっ、ん、気持ちい、イく、ンっぁ、……あぅ……！」

章吾が舌を吸いながら胸を乱暴にまさぐり、龍一に淫らな肉豆をちゅぷちゅぷとしゃぶられて、たまらずに彰仁はびくりと頭を後ろにのけぞらせて絶頂へと達した。馴染みのある射精感は生まれず、代わりに頭の芯までも熱くなるような愉悦が湧き起こる。男性器だけではなく、女性器も持っているからかもしれないが、最近、射精をしない達し方を覚えて、以前よりももっと絶頂に導かれる回数が増えた。

「あ、はぁっ、んぁ、あぅ、……っく……」

どろどろとした熱いものが、身体の奥底から流れ出していく。いつもより多めに分泌している体液を龍一に啜られて、あまりの快楽に立っていられないほどだ。

だけど、まだ満たされていない場所が疼きまくっている。ちゅぽっと龍一が指を蜜壺に挿し込み、中の濡れ具合を確かめている。

「たまんねぇ……彰仁のアナルに挿れたい」

「う、ん……挿れ、て……僕も、きみが欲しい……っぁ……！」

「では、私は彰仁さんの女の子が欲しい。龍一、彰仁さんの腰を掴んであげなさい」

「OK。彰仁、ちょっと腰上げろ」

「ん、……はい」

洗面台に寄りかかって隆起したペニスをあらわにする章吾に抱きつくと、背後から龍一が怖いほどに育った極太の性器を取り出して、張り出した亀頭でひくつくアナルを探ってきた。

ふたりとも、いまにも挿ってこようとしているときだった。

キィッとトイレの扉が開き、はっと振り返ると、若い大学生風の男が入ってきた。

「あ……！」

「え？　……なに、これ、なにしてんの、あんたら……」

男は目を丸くし、下肢を乱している三人に声を上げた。

突然の闖入者《ちんにゅうしゃ》にいますぐやめてくれるものとばかり思っていたが、章吾は眼鏡を押し上げて笑い、ごりり、とペニスを押しつけてきて秘裂に割り挿ってくる。

「ひ……っく……ぁ……っや、いや……っぁ……っ」

「――見て、いきますか？　私たちのセックスを」

「セックスって、なっ、……おい！　その子、怖がって……！」

男は鳴き声を上げる彰仁に手を出そうとして龍一に凄《すご》まれている。

「あんた、ツイてるな。彰仁がどんだけいい身体をしてるか、教えてやろうか」

「あうっ、りゅうい、ちっ、くん……！」

「いまから俺はこいつのアナルを犯す。ずっぷり挿したら、めちゃくちゃに揺さぶってやるんだ。クリを弄られると、彰仁はすぐイっちまうから可愛いんだぜ」

「クリって……で、でも、その子、男の子じゃないか」

「女性器も持っているんですよ、彼は。私がこれからこの可愛い口に挿るんです。……ほら、音が聞こえるでしょう？」

章吾がくくっと笑って濡れた陰唇をペニスで撫で、勢いをつけてずんっと突き込んできた。

「あ、ッ、だめ、だめ、なんか、――来ちゃう……っ」

全身をぶるぶると震わせ、彰仁は再び熱い渦《うず》の中に放り込まれた。中イキを覚え込まされた身体は男が挿ってくるだけで絶頂に達するようになった。章吾の硬くて長いペニスで最奥を突かれると、いやでも声が止まらない。

「いい、……っすごい、届いてる、奥っ」

「もっと欲しいですか？」

「ん、して、もっと、突いてっ、あ、ッン、すご、い、っぁっ、あっ」

弾む声に章吾が笑い、龍一も慎重に尻の中へと挿り込んでくる。ぎりぎりまで拡げられたアナルにずりゅっと男根が挿り込み、ひどくきつい場所をなんとかくぐり抜けると、龍一は舌舐めずりをしてずちゅずちゅと抜き挿しを始めた。

「ぅく、うっ、んうっ」

「きっついな、彰仁の尻……中も極上のとろっとろだ。彰仁、俺のちんぽ、好きか？」

「あぅ、好きっ、龍一くんのおちんぽ、すきぃ、っ」

激しく揺さぶられながら、前からも章吾の硬いペニスを味わった。中でふたりの性器が擦れ合っているみたいで、すごく悦い。

「まじ、かよ……」

掠れた声に涙目で振り向くと、若い男は息を切らし、もどかしそうに股間を揉む。そして、辛抱できなくなったのか、ジーンズの前を開いてぶるっとペニスをこぼれさせ、淫らに扱き始めた。

「その子……ちんぽもあって、しかも……女の子も、あるんだな……」

「ああ。いまにも蕩けそうな最高の女の子がね。私のペニスを悦んで咥え込んでいる」

章吾は彰仁のくちびるを吸いながら、長大なものをずぶずぶと埋め込んできた。柔らかな肉襞は男の侵入を悦んで肉棒にまとわりつき、しっとりと吸い付いて離さない。

「やべぇ……勃起しちまった……」

若い男は最初こそ目を瞠っていたものの、彰仁の色香にやられたのか、ぼうっとした顔で自身を激しく擦る。赤黒いその怒張は、いまにも暴発しそうだ。

そこへ、もうひとり男が入ってきた。

「――きみたち、なにをして……！」

五十代と思《おぼ》しき、スーツ姿の品のいい男性がぎょっとした顔で彰仁たちに近づいたが、龍一に制され、足を止めた。

「いいところに来たな、おっさん。めったに見られないもん見ていけよ」

「なにを……！」

まさか男同士で交わっているとは思っていなかったのだろうが、「ん……」と彰仁が甘い声を上げて章吾にすがると、事態を把握したうえで、悩ましい目を向けてきた。

「きみらは――いったいなにを……しとるんだ……」

「愛し合ってるんだよ。映画を観るより、ずっと刺激的だぜ。ほら、見えるか？　俺の彰仁の中、やらしい色だろ」

「やっぁ、……ん――ぁ……っ」

きゅっと尻を引っ張って中に抉《えぐ》り込む男根と肉壺の深い色合いを男性に見せつけると、龍一はにやりと笑い、腰をしっかりと引き上げて強く穿ってきた。

「あっ、あ、っ、悦い、りゅう――いち、っく、ん……っ」

「こんな……バカ、な……」

困惑した表情の男性は、だが逃げ出さず、戸惑いながらも自身のそこを探る。

その年にしてはいきり立ったものを取り出してはぁはぁと扱き始め、隣に立つ大学生風の男と共犯者めいた視線をちらりと交わす。

それを見て、章吾と龍一は笑みを深める。

彰仁のいいところを見せつけるだけ見せつけて、誰にも渡さない。この美味しくて愛おしい

獣は自分たちだけのものだ。

「……そろそろ、イくぜ、彰仁」

「私もあなたの中に出したい」

「んぁっ、おねがい、もぉ、だめ、あぁっ、おねがいだから、出して……ぇっ」

泣きじゃくりながら射精してしまう彰仁を抱き締めて、前から、そして後ろから章吾と龍一は存分に犯す。ズクズクと穿って肉を充分に蕩かし、蜜をたっぷりと分泌させて絡ませて、章吾は彰仁のくちびるを、龍一はうなじを噛んで、ズクンと激しく己を最奥までねじ込んだ。

まるで、孕ませるかのように。

「く、――ッ、イ……っちゃ……っ！」

「彰仁……っ」

「ッ、彰仁さん、……！」

ふたりがびゅくりと大量の白濁を撃ち込んでくる。秘裂の最奥に、そして尻の奥に熱い精液をかけられて、悦がり狂う彰仁は章吾の胸をかきむしった。

「もっと、……もっと、出し、て……っ」

「わかってる。……ハハ、どっろどろだ……」

「彰仁さん……っ」

「うう……っ！」

「く……！」

彰仁の飾らない痴態にやられてか、男たちも白濁を散らす。大量の白い精液がびゅびゅっと先端の割れ目を押し開いて飛び出してくるところを、彰仁はこの目で見た。

「ぁ……ッん――は……ぁ……っ」

章吾の胸にすがる指先までもが熱い。ふたりに挟まれていなかったら、とっくに床に頽れていただろう。

「彰仁さん、……愛しています」

「俺もだ。彰仁、愛してるぜ」

「ん……ふっ……」

彰仁は熱い身体をふたりに預けながら、くちびるを明け渡す。その視線の先では、男たちが息を切らしていやらしい姿を見せていた。悶える彰仁から目が離せなくて昂ぶりがなかなか収まらず、出ていくこともできないのだろう。その性器はまだ雄々しく天を向いている。

龍一がくすりと笑うのと同時にまたも扉が開き、新しい男が入ってきた。

「なっ、きみたち、……なにをしているんだ！」

そんな男にちいさく笑った龍一は彰仁の髪をかき上げながら耳たぶをそっと噛んできて、「もう一度」と囁いてきた。

「あいつらに、彰仁のいい顔、見せつけてやれよ」

「どんな男も狂わせる、そして二度と忘れられなくなって胸がひどく苦しい……あなたは、特別だ」

微笑む章吾が甘くくちびるを重ねてくるから、彰仁もゆるゆると微笑み、ひとつ頷く。

あとから入ってきた男は彰仁の微笑に魅入《みい》られたかのごとく立ち尽くし、やがて、もぞもぞと所在なげに下肢に手を当てる。

色濃い情欲が、その場を支配していた。

熱く滾《たぎ》る時間が再び始まろうとしていた。

「うう、……腰ががくがくしてる」

「ずいぶんとあなたを貪ってしまいましたからね。彰仁さんが可愛いのがいけないんですよ」

「そうだそうだ。あんな悩ましい顔をされたら、どんな男もイチコロだっつうの」

笑い合う三人は濃密な時間を過ごした映画館を出て、近くの喫茶店へと足を運んだ。喉がからからだし、お腹も空いている。とりあえずサンドイッチをふたつ頼んで三人で分け合ったが、若い龍一は物足りなさそうだ。

「でもよ、あいつら、すっげぇエロい顔して帰ってったな。アキのこと思い出して、どこかで暴発すんじゃね？」

「私たちが制してなかったら、アキはいまごろあの男たちに食われていたかもしれませんよ」

コーヒーを美味しそうに飲むふたりに、彰仁は羞恥に頬を染める。

よくよく考えると、大胆なことをしでかしたものだ。いつ誰が入ってくるかわからない場所で三人で交わったばかりでなく、観衆に見せつけることまでしたなんて。

——まだ、奥まで挿ってる気がする……。

交互に突かれた秘所が鈍く疼いている気がするのだけれど、あれだけしておいてまだ足りないというのはどうかと思ったので、澄ました顔で紅茶を飲む。

そんな彰仁を章吾たちは笑いながら見つめ、額を人差し指でつついてきた。

「お腹、減りましたね。アキ」

「俺も、サンドイッチじゃ全然足りないよ。アキが食いたい」

「アキって、……僕のこと？」

不思議に思って訊《たず》ねると、そうです、と章吾がやさしく口元をほころばせた。

「アキと呼ぶと、もっと近くなれる気がします。私たちだけのアキにするために、あなたをいま以上に甘やかして、しあわせにして、愛し続けたい」

冷ややかな顔をしているわりには意外とロマンティックな章吾に、龍一も大きく頷く。

「俺らに飽きないよう、セックスももっと工夫しなくちゃな」

「そんな……飽きるわけないよ。こんなにも好きで好きで、いつもあなたたちのことばかり考えてるのに」

「それは俺たちの台詞」

カップを両手で包み込み、彰仁は微笑んだ。

骨まで愛されて、大事にされて、これ以上望んだら罰が当たる。

しあわせだなと笑っていると、場をわきまえずに、ぐうっと腹が鳴った。その音はふたりにも聞こえたようで、可笑しそうな顔をしている。

「聞こえた。やっぱアキもなんか食いたいよな」

「ご、ごめん、サンドイッチ食べたばかりなのに」

「じゃ、やっぱり今日も焼き肉に行きますか？　それとも鰻《うなぎ》とか」

「な、今日寒ぃし、すき焼きにしないか？　和室でしっぽり三人で」

「いいですね。畳の部屋で乱れるアキを想像すると……」

目をくるっと回す章吾が、素早く彰仁の頬にくちづけた。途端に龍一が、「あー！」と抗議の声を上げる。

「俺がいるのに堂々と奪うな。アキ、あとでもっとすげぇキスするからな」

「では、私は龍一よりもすごいキスを。龍一、私はホテルの部屋を取っているんだ。今夜はそこでアキを徹底的に抱きつくそう」

「いいな、それ。三人で一緒に風呂も入ろうぜ。アキの身体を泡だらけにしてやる」

「ふふっ、楽しみにしてる」

目を交わして笑い合い、三人は思い思いに立ち上がる。

アキ、と親しげに呼んでくれるなら、リュウ、ショウと呼んでみようか。愛情のこもる声に、ふたりがどんな顔をするか見てみたい。

この関係は、いつまでも、熱く続いていく。きっと、どこまでも。

胸を弾ませながら、彰仁は龍一と章吾に挟まれながら店を出ていった。

溺愛エンドレス　～猫コスで甘く発情して～

「んー、どっちにしようかな……」

青と赤のマグカップを持って、伏埜《ふしの》彰仁《あきひと》は首を傾げる。青は彼の気性のまっすぐさを表しているようだし、赤は情熱を表している。どっちにしよう。どうしよう。彼――御堂《みどう》龍一《りゅういち》への誕生日プレゼント選びは、もう一時間以上経っていた。最初は夏らしくポロシャツを贈ろうかと考え、次は龍一が好みそうなロックCDを贈ろうかと考え、いいやせっかくだから意表を突いてサボテンを贈るのもいいかなと迷い、そしていまは表参道《おもてさんどう》のセレクトショップでカップ選びに散々頭を悩ませていた。

高校二年生の龍一とは三つ違い。大学生の彰仁は、龍一の家庭教師として毎週彼の家を訪ねている。龍一は、男くさい風貌に逞しい肢体をしている。学生服を着ていても、龍一の胸が厚いことがわかるくらいだ。切れ長の目の鋭さに最初の頃は内心怖気《おじけ》づいていたけれど、さまざまなステップを一緒に踏んで仲が深まったいま、龍一がにこりと笑うと案外可愛いことを発見した。

「――うん、もう少し他も見よう」

迷ったまま買っても後悔してしまう。だったら、たくさん見て回ったほうがいい。今日は土曜日で一日空いている。

表参道から離れて、たまには池袋《いけぶくろ》や新宿《しんじゅく》に行ってみよう。ここは洒落《しゃれ》ているものが多いけれど、龍一のハートを掴むなにかを探すなら、もっと賑やかな街のほうがいい。

電車に乗って、まずは池袋で降りた。東口から、サンシャインシティに向かっていく。途中、ちょっと喉が渇《かわ》いたので、目についたハンバーガーショップに寄ることにした。

チキンナゲットとポテトフライ、コーラを注文して、窓際の椅子に腰掛ける。ナゲットを頬張っていると、かたわらに置いていたスマートフォンが振動する。見ると、龍一からSNSのメッセージが届いていた。

『今日の夜、よかったら一緒にメシ食わねえ？　親はふたりだけで旅行なんだ。兄貴も出かけてるし』

もちろんOKだ。それまでにプレゼントを決めて、直接渡したい。

『お誘いありがとう。それじゃ、六時頃におうちに行くよ。なにが食べたいか決めておいて』

デートの誘いにも近いものだから、知らず知らずのうちに微笑んでしまう。返信を送ると、すぐに龍一からメッセージが飛んできた。

『あんたが食べたい』

「……もう」

裏表のない龍一の求め方は眩《まぶ》しくて、強い。

まっすぐな愛情と欲望を向けられて、ノーと答えられる奴がいたらお目にかかりたいものだ。

「なるほど。我が弟はあなたを食べたくて仕方がないと。まったく、これだから現役高校生は」

「……っ、章吾《しょうご》さん！」

背後から影が落ちたかと思ったら低い声が響いてきて、慌てて振り返った。

肩のラインが美しいグレイのスーツを身に着け、少し皮肉交じりの笑みを浮かべながらトレイを持つのは、龍一の兄、章吾だ。

以前も、章吾とはこうして偶然ばったり出会ったことがある。

「びっくりした……こんにちは。このへんにはお仕事ですか？」

「ええ。取引先があるんですよ。いまはその帰りで、ちょっと昼飯を食べようかなと」

「でももう二時過ぎですよ。お忙しいんですか」

「ありがたいことにね。夕方になってやっと食べられることもざらなので、今日はまだましなほうですね」

カウンター席に座る彰仁の隣に章吾は腰掛け、早速ハンバーガーをぱくつく。それが、端整な面差しの章吾にしては可愛かったから、彰仁はくすっと笑った。

「ん？」

ハンバーガーを食べながら章吾が振り向く。フレームレスの眼鏡は理知的な彼の美貌を彩るうってつけの小道具だ。

それから、食べかけのハンバーガーを差し向けてきた。食べなさい、とでも言うように。

彰仁は照れながら、そろそろとハンバーガーに口をつけ、囓り取った。それから急いで咀《そ》嚼《しゃく》して飲み込み、「すみません」と謝る。

「僕、食べたそうな顔をしてましたか」

「すごくね。私と目が合った瞬間――飢《う》えた目をしていましたよ」

「っ、そんな……」

うつむく彰仁の頬に、章吾がゆっくりと指を滑らせてくる。

龍一と章吾。野性的な弟と、知性的な兄。ふたりに愛されるようになって、どれぐらい経つだろう。きっかけは龍一の家庭教師として勉強を見ている最中に手を出され、思わず昂ぶってしまったのだけれど、この身体には自分と彼らしか知らない秘密がある。他の誰にも言えない、罪深くて、甘い秘密。

「――どうしました、アキ」

耳元で囁いてくる章吾が、今度は彰仁の腿《もも》に手を置き、つつつ、と人差し指を太腿の内側に這わせてきた。ジーンズ越しでも、その指がいやらしく動くのがわかる。腿の表面をぐるりとなぞり、ジグザグに動いて付け根に辿り着く。そこでしばらく止まってからまた動き、こすこす、とジーンズの股間の縫い目を淫らに擦られて彰仁は目を瞠った。

「だめ、です、ここ……外、……」

「誰も見てませんよ。あなたが声を出さなければ大丈夫。……私は構いませんが、アキの女の子は擦ってほしそうですよ？」

「や、……や、……バカ、もぉ、章吾さん……っ」

もう食べるどころではない。

カウンターに突っ伏して快感に耐える彰仁の隣で、章吾は澄ました顔でもう片方の手を使ってハンバーガーを食べている。

「う、……う、いじ、わる……」

涙目で睨んだ。ずるい、こんなふうに火を点《つ》けられたら、どうにもならないと知っているくせに。

章吾と龍一、そして自分の三人で分かち合っている秘密。それは、男性として生まれついたはずの彰仁が、じつは女性としての性器も持ち合わせているということだ。

胸は平ら。男性器としてのやや小ぶりのペニスを持ち上げると、女性器としての慎ましやかな割れ目がある。さらに、その奥に陰嚢《いんのう》があり、きゅうっと締まったアナルがある。章吾たちに知られる前は、両親しか知らなかった秘密だ。めったなことでは誕生しない両性具有という身体に生まれついてしまった以上、ひとびとの好奇の目から隠し通さねばならない。たとえ、どうにかこころを許した相手に打ち明けたとしても、きっと気味悪がられてしまうだろう。物心ついた頃から自虐的《じぎゃくてき》な思いを育んできた彰仁は、一生恋なんてできないと信じ込んでいた。

だが、神様はほんとうにいたのかもしれない。

家庭教師先の生徒である龍一だけではなく、その兄の章吾にも深く愛され、不思議な身体についても大切に守られていた。

彼らは、この身体の秘密を知ったとき、確かに驚きはしたけれど、同時に労ってくれた。『大変だったでしょう』と。『愛してやれる場所が増えて嬉しいぐらいだぜ』とも。それがどんなに嬉しかったか。言葉では言い尽くせないから、彰仁は涙を薄く滲ませ、なんとか顔を上げて隣の男を見つめる。くりくりと股間で動く指は布越しにクリトリスを擦り、快感のあまり声を上げてしまいそうだ。

「……可愛い顔をしている。いまにも喘いでしまいそうだ。ここであなたをイかせるのもいいけど……私ばかり先に手を出すことに弟が怒りましてね。まったく子どもはこれだから」

「や、ん、っ、んぁ、――あぁっ、だめ、擦っちゃ……や……！」

ちいさな声は、章吾にしか届かない。彼はスマートフォンを耳に当て、どこかに電話をかけているようだ。

「――もしもし、私だ。ちゃんと勉強してるか？」

そう言って章吾は薄笑いを浮かべ、スマートフォンを彰仁の口元にあてがい、もう片方の手で布越しのクリトリスをつまみ上げる。

『もしもし？　おい』

龍一だ。今日は家で勉強をしていたらしい。食事をともにする夜までに課題を終えておいてね、と約束したことを守ってくれたようだ。

「あ……っ！　あ、あ」

『……くそ、また兄貴が手を出してんのかよ。……アキ、いまどこにいる』

「ん、――ん、いけぶくろ、……の、」

なんとか言い終えると、『わかった、兄貴にイかされたりすんなよ』と言い置いて、龍一はぶつりと電話を切った。

「だめ、……です、これ以上……怒られて、しまいます……」

途切れ途切れに訴えると、スマートフォンを受け取った章吾は肩を竦《すく》める。

「だめだと言われるとしたくなる。……ねえ、アキ。あなただって私が品行方正な優等生だとは思っていないでしょう?」

甘く毒のある声で囁き、章吾は熱を持った指で彰仁の股間をくりくりと揉み込み、仕上げに、きゅうっとねじり上げてきた。

「あっ、あッ、――あ……ん……ん!」

クリトリスへの愛撫で我慢できた試しはない。くちびるをきつく噛んでびくびくと身体を震わせて絶頂に達する彰仁の背中をゆっくりさすする章吾は、まるで急に具合が悪くなったひとを看病する思いやりのあるサラリーマン、という風情だ。しかし、口角が吊り上がり、その目は彰仁の痴態《ちたい》を余すところなく楽しんでいる。

「……ふふっ、少し苛《いじ》めすぎましたか?　いまトイレに行ってジーンズを脱いだら、あなたのいやらしいしずくで股間がぐっしょり濡れているかも」

「う、……もう……」

嫌いです、と言えたら少しはすっきりするだろうか。涙に濡れた目で見上げると、さすがに反省しているのか、章吾は苦く笑い、まだカウンターに突っ伏している彰仁の髪をやさしく撫でる。

「だめなんですよ、あなたを前にすると自制が利《き》かない。何度もイかせて、とろとろになったアキの顔が見たいんです。……大丈夫。龍一には、あなた用のパンティの替えを家から持ってくるように命じましたから。それに穿き替えて、三人で出かけましょう」

「……どこへ？」

「今日は我が愚弟の誕生日です。図体ばかり大きくなって生意気ですが、まあ一年に一度のことだし祝ってあげましょう。アキ、あなたはね、龍一にとって最大のプレゼントなんですよ。もちろん、私にとっても」

くすりと笑う章吾が、彰仁越しに誰かを見つけて軽く手を振る。振り返ると、こちらに向かって駆けてくる龍一が見えた。

三人でとりあえずハンバーガーを食べたりコーラを飲んだりして、池袋の街をぶらぶらすることにした。ずっと疑い深そうな顔をしていた龍一が彰仁の肩を抱き、「なあ」と章吾を威嚇《いかく》する。

「ほんとうになにもしてねえだろうな。アキに手を出すのはちゃんとお互いの了解を得てからって約束だぞ」

「おまえは実の兄貴を信じないのか？　嘆かわしいな。……ま、アキが私の指で可愛く啼《な》いたのはあえて言うことでもないが」

「おいこら！」

「ま、まあ、龍一くん。落ち着いて。あ、ほら、あそこ見て。可愛い猫のぬいぐるみがあるよ」

仲裁に入らないといつまで経っても剣呑《けんのん》としていそうだから、慌ててあたりを見回し、ちょうど目に入ったショウウインドウの黒猫を指した。尾っぽをぴんと立てた黒猫は品よくお澄ましをしている。

「……へえ、黒い猫か。ちいさい頃、隣の家がこんな黒猫を飼ってたな」

「そういえばそうだった。おまえ、あの猫をずいぶん可愛がっていただろう」

ちいさな頃の思い出話をされて、龍一はばつが悪そうだが、可愛い。やっぱりまだ十七歳の男子だ。

「うっせえな。兄貴だって夜こっそり庭の塀《へい》伝いにおいでおいでをしてたじゃねえか」

「な」

章吾が呆気《あっけ》に取られている。そんな様子もめずらしくて、彰仁はまじまじと見入ってしまう。過去を持ち出されてうろたえる章吾なんて、めったに見られるものではない。

「盗み見とは品がよくないな」

「ハッ、あんたにだけは言われたくねえな……ん？　おい兄貴、これ」

「なんだ」

弟の真剣な声に、章吾も真面目な顔を寄せる。ふたりして黒猫の隣に立てかけられた看板を読んでいるようだ。

「――コスプレハウス……人気アニメ作品から可愛いわんこやにゃんこに変身できちゃう！当ビル五階にお気軽にどうぞ、だと」

「いいな。行こう」

深く頷く章吾が彰仁の肩を軽く抱き寄せ、「健康のためにエレベーターにしますか？　それとも安全のために階段にしますか？」と囁いてきた。

「は？」

どっちを選べばいいのか。どっちもいやです、というわけにはいかないようだ。

「……じゃ、じゃあ、階段で」

普通、健康のためなら階段で、となると思うのだが、この兄弟は手強い。先ほどイかされた身だし、ここは慎重になっておいてもいいだろう。

だが、甘かった。

「や、――やだ、龍一くん……っ」

階段を一段上るたびに後ろにいる龍一がジーンズに包まれたお尻を捏《こ》ね回してきて、前を行く章吾に深いキスをされ、階段室中に喘ぎ声を響かせてしまった。目的階の踊り場に着く頃には息が切れ、あそこもじんじんと疼いてまっすぐ歩くのも難しい。

「ごめんごめん、アキが可愛すぎて」

「あなたからはどうやら男を惑わすフェロモンが出ている気がします」

「フェロモン……？」

両側から支えてくれた章吾と龍一を交互に見上げる。

「確かに、兄貴の言うとおりかもな。アキは以前も可愛かったけどさ、俺たちが愛するようになってから、色気と欲情のスイッチがおかしくなった気がする。このへんから甘い匂いがするんだよなぁ……」

くんくんとうなじのあたりを嗅《か》ぐ龍一が、「やべえ」と呻く。

「このままじゃ、ここでアキを犯しそうだ。バックからガンガン突いてやりたくなる」

「野蛮だなおまえは。私だったらアキに負担をかけないようにしっかり抱き上げて駅弁スタイルだな」

「駅弁は体力ある俺が向いてるだろ」

放っておくといつまでも言い合っていそうな彼らの腕を掴んで扉の向こうに誘い、彰仁は冷や汗を流しながら明るいフロアに出た。

「わ、いろんな衣装がありますよ」

「おもしろそうじゃん」

コスプレハウスは、その名のとおり、さまざまな映画やアニメーション作品の衣装を身に着け、個室で撮影ができるらしい。彰仁は早速ふたりのすすめに従って、有名アニメーションの衣装や、人気の海賊映画の衣装を身に着けた。

「いいじゃん、アキは美形だからなに着ても映えるよ」

龍一の賛辞に、身体が熱くなる。さっき、ひとりで試着室で服を脱いだとき、ボクサーパンツの中がにちゃにちゃと淫らな音を立てて慌てたのを思い出した。ふたりに悪戯《いたずら》されて、愛蜜があふれてしまったらしい。あとでこっそりトイレで始末しよう。

「次で最後。これ着て、個室で撮影しねえ？」

龍一と章吾が笑顔で衣装を見せてくる。黒くすべすべした生地は、水着のようだ。同じ素材のアームカバーとニーハイソックスがある。さらには耳付きのカチューシャと、鈴のついた首輪。

「……猫？」

「そう。俺たちの大好きな黒猫。アキだったら絶対似合う」

「ぜひ着てみてください。可愛い姿を撮りたい」

口々に言われると断りきれない。衣装を受け取って試着室に戻り、いったん裸になってからふと鏡に目をやった。

赤く、ツンと上向きの乳首に、性器も勃起してしまっている。何度か衣装替えしている間もふたりにさりげなく胸や下肢を触られていたから、すっかり感じてしまったようだ。

「……もう」

潤《うる》んだ目が我ながら色っぽくて恥ずかしい。

とにかく急いで衣装を着てしまうことにした。しかし、問題が生じた。下着を穿いたまま黒の水着を着ようとすると、露骨に下着がはみ出してしまうのだ。これはさすがによくない。かといって、下着を脱いで衣装を着たら、先端から愛液を垂らすペニスで汚してしまう。

悩み抜いた末に、彰仁はしゃがみ込んで自分のペニスをハンカチで丁寧に拭い、なんとか水着の中に収めた。恥毛も薄いから、じつは裸だということもバレないだろう。ただ、薄い生地なので、乳首が勃っているのはわかってしまう。そこはなんとか腕を組んで隠すことにした。

「おーい、アキ」

「は、はい！」

急いでカチューシャとアームカバーを着け、首輪もはめようと思ったのだが、手が汗で滑ってうまくいかない。

諦めて、龍一たちにお願いすることにし、試着室の扉をきいっと開ける。すぐさまふたりが中をのぞき込み、ほっそりした彰仁の肢体を目にするなり、龍一は短く口笛を吹き、章吾はすかさずスマートフォンを向けてきた。

「想像以上にエロいな……。アキ、ちょっと後ろ向いて腰突き出してみ？　そんで、肩越しにこっち向いて、にゃーって言ってみて」

彰仁は言うとおりにもじもじと後ろ向きになり、ちょっとだけお尻を上げる。それから首をねじって龍一たちを見つめ、「にゃ、……にゃ？」と言う。

章吾はたまらないようなため息をつき、龍一は挙動不審だ。目をうろうろ彷徨わせ、彰仁の腕を掴んでくる。

「とにかく、個室に行こう。そこで撮影だ」

「はい」

龍一に手を掴まれた状態で店内に出ると、あちこちから「猫だ……」「マジかよ可愛い」「あれ男？」「だろ、おっぱいねえもん」「男でもいい……」と男性客の感嘆の呟《つぶや》きが飛んできた。

恥ずかしい、恥ずかしい……。

身体がふらふらするのに、あそこはきゅんきゅん中から熱く締まって、いまにもへたり込んでしまいそうだ。

男たちの好奇の目に晒されて息を切らす彰仁の手をしっかりと掴み、どこか自慢げな顔をした龍一と章吾が店の奥に設《しつら》えられた個室の扉を開ける。

　中は六畳ほどの広さで、華奢《きゃしゃ》な椅子、可愛いハートの真っ赤なクッションが置かれ、壁には窓を模したシールが貼られて、白いレースカーテンが取り付けられている。みんな、思い思いの衣装を身に着けて、ここでさまざまなポーズを取るのだろう。

「じゃあ、早速。アキ、椅子に座ってくれるか。それで、ゆっくり両足首を掴んで、引っ張り上げてみてくれ」

「こ、……こう……？」

　油断するとひっくり返りそうだから、章吾が椅子を壁にくっつけてくれた。

「私を誘うように足を開いてみて」

　耳元で囁かれ、ふわっと体温が上がってしまう。

　目の前で、章吾と龍一がスマートフォンのカメラを向けている。

　彰仁は少しずつ少しずつ両足を上げ、ぶるぶると内腿を震わせながらゆっくりと開いていった。

「……マジかよ、やべえな」

　驚いたように龍一が呟く。章吾も眼鏡を押し上げ、「……いいな」と低い声だ。

「あ、の、……撮らない、んですか……？」

「あ、ごめん、違う、いや、ちょっと待て、……いや、兄貴に任す」

なんだか混乱しているらしい龍一がぎらりと睨み据えてきたことで、まるで彼の獲物になってしまったような彰仁は身体をちいさく震わせる。怖いけれど、胸が弾んでいる。

期待、しているのだ。

龍一はまっすぐ彰仁の元にやってくるとしゃがみ込み、水着のクロッチ部分をぎゅっと強めに引っ張った。

「……あ！」

そんなふうにされてしまったら、中に懸命に押し込めていた性器がはみ出してしまう。それに、女性器としての秘裂も。想像どおり、彰仁のペニスはぶるっとしなって、水着の股《クロッチ》の部分からこぼれ、ふたりの視線に晒されて、ますます先端が濡れていく。しっとりとした先走りを滲ませた性器に見入る龍一が、「きついか？」と言いながら根元に食い込む水着を引っ張るものの、匂い立つ両性具有のかぐわしい甘い香りに誘われて、ふらふらと顔を寄せてくる。そのまま指で秘裂をやさしくこじ開け、ちゅるっとクリトリスを啜《すす》り舐めてきた。

「や、……ぁっ……あっ……だめ……！」

最初からこの刺激はきつい。軽く絶頂に達し、彰仁は持ち上げた両足を震わせながらはあはあと喘ぐ。

なのに、龍一は尖《とが》らせた舌先でれろーっと秘裂を舐め探り、愛蜜が出る女の子の場所にも指をそっともぐり込ませてくる。充分に潤《うるお》っている中を指で擦られながら、柔らかで濃く充血した肉豆を舐められると、おかしくなりそうだ。足の裏がぴんと突っ張って、ますます濡れた奥までふたりに見られてしまう。

「いいな、猫が可愛く喘いでいる姿は」

章吾はスマートフォンのカメラで角度を変え、何度もシャッターを切っている。それから彰仁の頭のほうに近づいてきて、細いうなじをぐっと支えてから深くくちづけてきた。

「ん――っぅ……ぁ……は……ぁ……っ」

章吾のキスはいつも官能的だ。とろりとした唾液が伝ってくると、彰仁はこくんと喉を鳴らし、率先して飲んでしまう。舌先を搦め捕られ、甘く吸い上げられれば腰の奥からじぃんとした強い疼きがこみ上げてきて、もっとしてほしくなる。

「ふ――ぁ……しょう、ごさん……気持ち、いい……」

「よかった。私たちはね、あなたの奴隷なんですよ。なんでもお命じください、王子様。いやお姫様?」

くすっとふたりで笑うと、彰仁の秘所に顔を埋めていた龍一がぴくんと耳をそばだてる。

誰かが扉を叩いている。

章吾が、「大丈夫」とでも言うように頷いてくれたので、彰仁もこくりと頷き返し、ちゅくちゅくとクリトリスを嬲る龍一の髪をせつなく撫でる。

「龍一くん……」

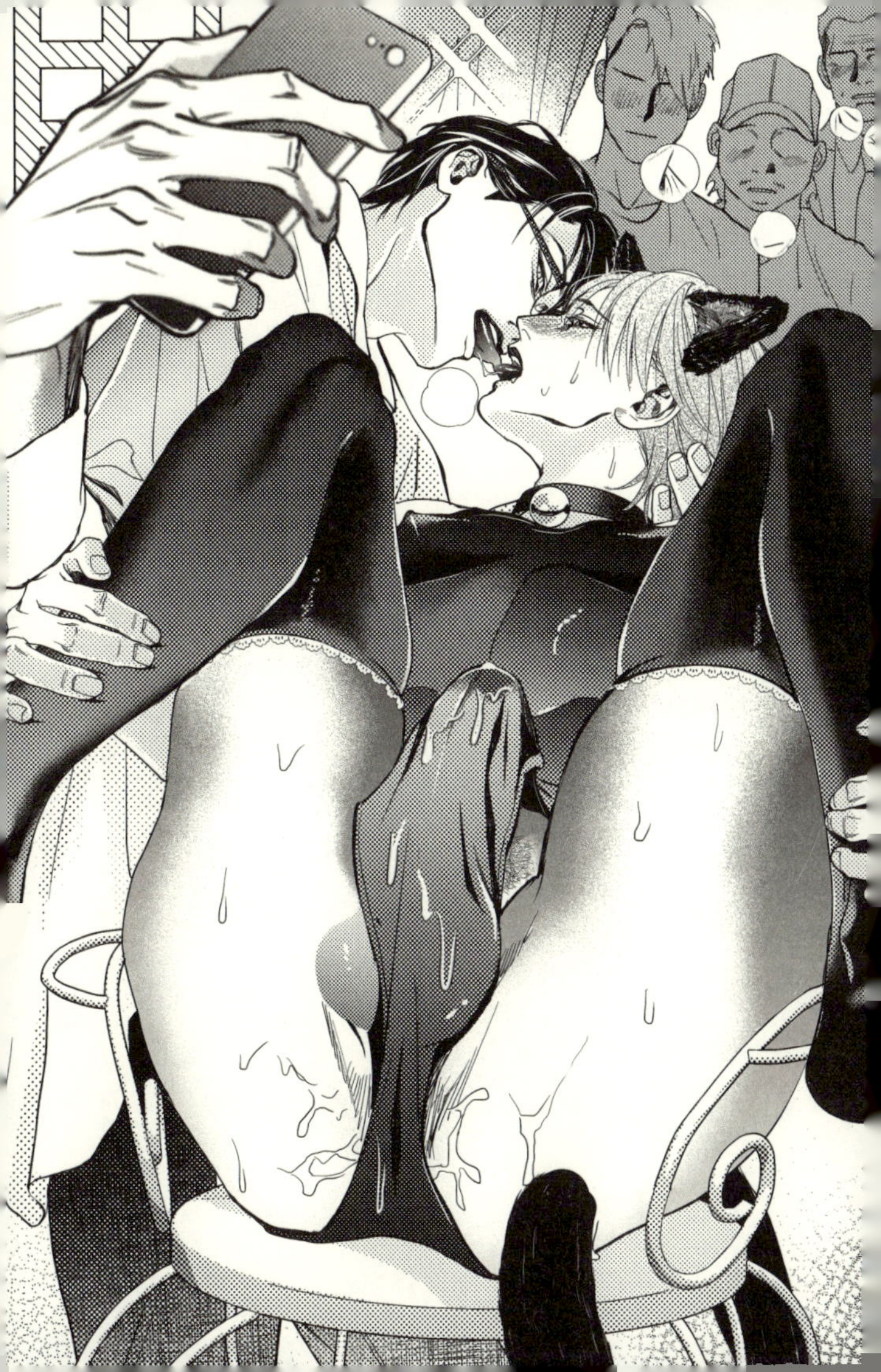

扉をぎりぎりまで細く開け、「なんですか？」と外に向かって訊ねる章吾の声は冷ややかだ。

「すいません。あの……、突然で申し訳ないんですが、僕たちにもその子の写真を撮らせてもらえませんか？」

「は？」

「や、さっき店内を歩いていたときからもうたまんなくて……」

「ちょっとだけでいいんです。数枚撮らせてもらえれば」

「お願いします！」

店内にいた男たちが、彰仁の色香に陥落して近づいてきたようだ。さすがに龍一も気づいたようで、そばにあったタオルを掴んで彰仁の下肢にふわりとかける。

「俺がいるから大丈夫だ」

「ん……」

中腰の龍一にすがり、その肩をきゅっと掴んだ。

男たちは扉の隙間《すきま》からなんとかのぞき込もうと必死だ。

「マジで可愛い……！　猫ちゃーん」

「なんかいいことしてたんかなぁ……くちびるがエッロ」

男たちの言葉に、慌てて開きかけのくちびるを閉じた。章吾はいまにも扉を閉じそうだったが、ぼうっと色香に煙る目をした彰仁と、唸《うな》り出しそうな龍一を見て、ふっと笑う。

「──では、五分ぐらいなら」

「兄貴！」

「ありがとうございます！」

「ただし、中には一歩も入ってこないように。この隙間からのぞくだけにとどめてください。撮影も不可」

「えぇ～」

残念そうな声が上がるが、「いやでも」と他の男がそそのかす。

「ここからのぞいてオナるのもありじゃねぇ？」

「おまえ天才」

「そういう店だっけ」

「いいって。ここの個室だけ奥にあるし、大声出さなきゃバレねえよ」

「だなだな。……じゃあああの、猫ちゃん、見せていただけますか？」

お願いされても、どうすればいいのか。困惑している彰仁だったが、隣にしゃがんでいる龍一がにやっと笑い、黒い水着のオープンクロッチを横に引っ張った。

「うおおおおおおおおおおお」

「やべえ、マジやべえ！　……あ、大声出しちった」

「つか、え？　んん？　あの、猫ちゃんにちんちんがついてるのはいいとして……」

「……なんで割れ目が……？」

「もしかして、もしかしてアレか。これがいわゆる、ふたなりってやつでは……？」

「やべえ、勃った」

「俺もギンギン」

扉の上から下までずらりと男の興奮した顔が並ぶ。みんなそろいもそろって下肢に手を伸ばし、己の欲望を育てているようだ。

両性具有であることが知られてしまった――けれど、この身体に狂わされるひとが大勢いるのだと知ると、ぞくぞくする。龍一と章吾だけを愛しているが、ちょっとだけ悪戯心を出して、男たちを煽りたい。

「ふーん……じゃあ、少しだけサービスな。大丈夫、アキのこと感じさせるから」

「ん、……うん、……あ、っ、龍一く、ん、いきなり、やん……っ！」

声が跳ね、彰仁はぐうっと背筋を反らす。龍一が割れ目の奥ににゅぐりと指を挿し込んできたからだ。柔らかな肉襞を丁寧に擦りながら奥まで挿し込まれたらたまらない。今日、彼らに出会ってからもう何度目のアクメだろう。ふくらはぎが攣《つ》ってしまいそうなほど感じて、男たちがのぞいていることも忘れて無我夢中で龍一の指を締め付け、「――して、もっと、奥まで来て……」と喘ぐ。

女性器の奥に熱い泉があり、いまにもそこから潮《しお》を噴きそうなのだが、さしもの龍一もそこまで男たちに見せる気はないらしい。指での愛撫を巧みにコントロールして、飢えた男どもをそそのかし、彰仁を感じさせる。

「龍一くん……っ気持ちいいよぉ……」

「だろうな。中が熱くてぬるぬるだ。こーんなに締まってたら、俺だって我慢できねえよ」

じゅぷじゅぷと指を出し挿れし、我慢できない感じで立ち上がった龍一だが、近寄ってきた章吾に制された。

「兄貴？」

「可愛いアキを男たちの魔手から守るのが私たちの役目だ。そうだろう？」

「そうだけど……なんだよ」

「アキがこれ以上の絶頂に達して、射精しながら潮吹きしてしまうところを他の男にも見せる気か？」

「それは――」

龍一が言葉に詰まっている。一応、ここは店なのだし、奥まった場所の個室といえど、いかがわしいことをしているといつ店員が駆けつけてきてもおかしくない。

章吾がきゅっとくちびるを吊り上げ、彰仁の髪を撫でてきた。

「いい顔だ。感じすぎているときのあなたはくちびるがうまく閉じられない。あとでキスしてあげますが、少しだけ我慢をしてください」

「が、まん……」

「アキの絶頂を管理してあげます」

「なんだ、それ、どういうことだ」

「いまのアキは、男たちに見られることで余計に昂ぶってしまっているようだ。でも、たまにはそんなアキにもおしおきをしないといけません。ねえアキ、あなたを愛するのは私と龍一だけです。他の男に見られて、――ほら、こんなに乳首をぷっくりさせるなんて悪い子だ」

「あ、っ、や、……ああ、っま、って、待って」

どこに隠し持っていたのか、章吾は小型の鋏《はさみ》を取り出し、彰仁の水着の胸に丸い穴を開ける。左と、右。黒い布を取り去られると、ツキンと尖った乳首が顔を出し、章吾の指で揉み込まれてしまう。

「あぁっ、だ、め、だめ、章吾さん、おっぱい、や、……っ」

「すっげえ……猫ちゃんのおっぱい、真っ赤じゃん」

「あーちゅうちゅうしてやりてぇなぁ……」

「俺は猫ちゃんのおまんこぺろぺろしたい」

「いいよなぁ、あのふたり、猫ちゃんにぶち込めるのかよ、代わりてえ」

男たちがごしゅごしゅと己の性器を扱き、次第に息が速くなっていく。

だけど、おしおきをされている彰仁はもうなにも考えられない。右の乳首を章吾に、左の乳首を龍一に吸われ、いまにも射精してしまいそうな肉茎はくちゅくちゅと扱かれ、クリトリスも丸く丸く捏ねられてしまう。

なのに。なのに。

「あ、あっ、イ、っちゃ、イ……っ、え……え……？」

達する寸前で、章吾も龍一も指を離してしまうのだ。

これはもう、生殺しだ。

「やだぁ、……イかせて……お願い、です、イ、かせて……ください……」

「可愛いおねだりだ。よくできました。じゃあ、あそこにいる男を全員イかせたら、あなたが欲しいものをあげますよ」

章吾が笑い、彰仁の慎ましやかな割れ目を指で閉じたり開いたりして、愛蜜をトロリとあふれさせる。

「っあ、あ、やべ！」

「お先……！」

次々に男たちが脱落し、どぴゅっと白濁を大量に散らしていく。

あと三人。あと二人。

「アキ、男にちょっとだけお尻を見せてあげなさい」

「あ……は、はい……」

章吾の声にはなぜか抗《あらが》えない。

「無理しなくていいんだからな」と髪を梳いてくれる龍一もやさしい。

ふらふらと椅子を立ち、背もたれを掴んで今度はお尻を扉に向ける。大事なあそこがどうなっているか自分でもよくわからないけれど、男たちにそこがよく見えるよう、おずおずと腰を持ち上げた。片膝を椅子につき、もう片手でお尻を引っ張り上げる。

すると。

「……っ！」

「だめだ、出る……！」

耐えかねた男ふたりの声が上がったかと思ったら、「ごちそうさまでしたーっ！」と声が聞こえ、バタバタと足音が走り去っていく。

「……あれ？　帰っちゃったんですか」

「ふふっ、みんな、あなたのフェロモンにやられてしまったんですよ。あーあ、精液だらけだ。しょうがない。あとで、清掃代として百万ほど置いておきましょう」

「ひゃくまん」

「兄貴、稼いでんだよ。どんな仕事か怪しいよな」

苦笑する龍一に手を取られ、彰仁は彼の胸に倒れ込む。広くて、逞しい胸。ずっとこれが欲しかった。「よく耐えましたね」と頬にくちづけてくれる章吾のキスも。

章吾が部屋の内側から鍵を閉める。それから龍一とともに服の前をくつろげて、限界まで張り詰めた男根をあらわにした。

部屋の片側に用意されたクッションを床に敷き、彰仁の華奢な身体を横たえる。章吾が下になり、彰仁の秘裂にゆっくりと肉棒を押し込んでいく。

「……っ……あ、――あ……あの、イって、も、いい……んですか……？」

「おしおきはもう終わりです。何度でも感じさせてあげますよ」

「んーじゃ、こっちもな」

「ひゃっ」

今度は龍一が彰仁のお尻を持ち上げ、充分にアナルを舐めて解したあと、太い肉棒をずずっと突き込んでいく。

「う、――く、っんぁ、だめ、だめ、イっちゃ、イくぅ！」

煮詰められた身体の最奥に、ふたりが挿ってくる。奪うように、競うように。彰仁は掠《かす》れた声を上げながら、背筋を攣らせて絶頂に達した。亀頭で奥を捏ね回されると、たまらなく感じてしまう。

「龍一くん、突いて、お願い、奥、ずんずんってしてぇ……っ」

「了解。ははっ、アキ可愛いな。イきすぎてわけわかんなくなってるみてぇ。おっぱいもこりこりだ。兄貴、弄ってやれよ」

「ああ」

章吾は彰仁の割れ目を突きまくりながら、尖りきった乳首を指で揉み潰《つぶ》す。たまに意地悪な触り方がどうしようもなく気持ちいい。

「あー……アキ、あったけぇ……おまえん中、出したい……」

「いい、よ、出して、僕の中いっぱい……龍一くんので……満たして……」

「私も欲しいでしょう？　アキ」

章吾に求められ、彰仁は笑顔になってしまう。

そうだ。そうなのだ。どんなときでもどんな場所でも、この身体、そしてこの自分に夢中になってくれるふたりが愛おしい。

「……ふたりの子どもが持てたらな」

「任せろ、たっぷり出して孕ませてやる」

「私の精液のほうが優秀ですよ」

「あっ、ん――ンぁっ、だめ、また強くきちゃ、……っぅ、……ん、イく、イく……！」

腰遣いがよりきわどく、そして激しいものになる頃、彰仁はもう何度目かわからない絶頂を迎え、我慢していた精液をどっと噴きこぼす。

「っく……！」

「……っ」

龍一と章吾も、ほぼ同時に昇り詰めた。お尻の奥、お腹の奥に、どくんと熱いしぶきがかかるのを感じて、ああ、と彰仁はのけぞり、後ろにいる龍一とキスしたあと、前にいる章吾とも舌を絡め合った。多めの精液があふれ出し、肌をしっとりと濡らしていくのが卑猥だ。

「怖い……すごくよくて……だめになりそう……」

「俺も――愛してるぜ、アキ」

「私もですよ、アキ。あなただけが私を煽る存在だ」

情熱的な言葉を受け取り、彰仁は照れ笑いしてふたりにくちづける。

「……ね。誰も来ませんね？」

「まだやってても大丈夫だろ。な、兄貴」

「構わない。そもそも、ここは私の持ち物だ」

「は⁉」

「え」

思いがけない話に驚く龍一と彰仁に、章吾がふっと笑う。どことなく自慢げな顔だ。

「このビルは今春、私が株で儲けた金を元手に建てたものだ。全部の階に私の趣味の店が入っている。なかでもこのコスプレハウスはお気に入りだ」

「じゃあ、さっきの男たちも仕込みか」

「いや、あれは予測していないハプニングだった。でもまあ、うまくいったんだしいいだろう？　アキ、あとでこのビルを案内してあげますよ。あなたにもきっと気に入ってもらえる」

「兄貴の趣味で建てたビルなんてろくでもねえ……」

「……よかったら、見せてください。あとで」

「ええ、あとでね」

章吾が器用にウインクしてきて、彰仁は笑い、龍一も仕方なさそうな顔を肩越しにのぞかせてくる。

「——いまはもう少し、アキが欲しい」

「私もだ」

ふたりに前後から射竦められ、彰仁は「……はい」と恥じ入りながら頷く。身体の中に刺さる二本の肉棒は、もう硬く、雄々《おお》しい。

三人で笑い合って、呼吸を合わせ、ゆっくりと腰のリズムも合わせて、もう一度深みへと落ちていく。

今度は、余計な邪魔は入らなさそうだ。

熱情ゴージャス ～駆け引きで甘く落として～

気のせいだろうか。伏埜彰仁《ふしのあきひと》は最近、身体が重い。正確に言うと、下腹のあたりがずぅんと甘痒《あまがゆ》く痺れていることが多いのだ。微熱もある。平常時は三十五度七分あたりと低めなのだが、ここ二週間ほど三十六度真ん中あたりをうろうろし、そのせいでだるい。

まだ二十歳なのに深刻な病《やまい》だろうか。それとも単なる風邪だろうか。まだ四月の終わりなのに暖かいというよりも暑く、もう初夏の陽気だ。季節の変わり目に身体が追いつかず、調子を崩しているだけなのかもしれない。そう思ってしばらくの間はドラッグストアで市販の風邪薬を買って飲んでいたが一向に快復せず、さすがに心配になってゴールデンウイーク前になるところでかかりつけの病院へと向かった。

そこで一時間ほど過ごし、衝撃の事実を聞かされたあとだからか。

思わぬ光景に出くわした。

病院は池袋にあるので、帰り際、東口のサンシャインシティ側にあるいつものファストフード店でぼうっとしていると、窓の外を見知った顔が通り過ぎようとしていた。

「あ……」

章吾《しょうご》だ。御堂《みどう》章吾がファストフード店の前を歩いている。そのことに思わず腰を浮かし、窓ガラスをこつこつ叩いて自分がここにいることを知らせようとしたのだが、寸前でハッと思いとどまった。

桜色のパーカを着ている彰仁よりも、もっと情熱的なピンクのワンピースをまとった女性が章吾の隣を歩いていた。午後の光を弾いて歩く章吾は明るいグレイのスーツをぴしりと着こなし、夏を思わせる鮮やかな黄色のネクタイも粋だ。その章吾に女性は寄り添い、笑顔でなにごとか話しかけている。章吾も微笑を返していることから、ふたりは普通以上の関係に見えた。

「章吾さん……」

浮き立った気持ちが一気にしぼんでいく。章吾とはよく池袋で偶然出会うので、今日ももしかしたらという期待があった。もし運よく会うことができたら、この重苦しい胸の裡を明かそうと思っていたのだ。もちろん章吾とは恋仲だ。彼の弟、龍一《りゅういち》とも。三人で秘密のパートナー同士になってからもうどれぐらい経つだろう。ふたりがかりで骨の髄まで愛されきっていた彰仁は、だからいまのいままで彼らを疑ったことは一欠片《ひとかけら》もない。

両親と、かかりつけの医師しか知らない身体の秘密を、章吾と彰仁兄弟とは分かち合っている。自分のプライドどころか命にも関わる問題だから、容易に他人に口にすることはできなかった。けれど、御堂兄弟はまるごと愛してくれた。彰仁の戸惑いやためらいをやさしく、ときには大胆に理解し、自分たちだけの秘密ということで引き受けてくれたのだ。

そんな彼らのこころを疑う理由なんてどこにあるのだろう。

――でも。でも、いま、章吾さんは僕の知らない女性と歩いていった。

しおしおと腰を下ろし、氷の溶けかけたアイスコーヒーに口をつけた。なにも味がしなくて空《むな》しいだけだ。

この重たい事実を、章吾と龍一に話して安心を得たかったのに。まだ自分でも受け止めきれていないぶん、誰かに話して気持ちの整理をしたかったのだ。

ぽつんと取り残されたような気分で彰仁はアイスコーヒーを飲み終えたが、席を立つことができなかった。連休前だから、龍一はまだ学校だろうか。午後二時半、微妙なところだ。

念のため、電話してみよう。ひょっとしたら声だけでも聞けるかもしれないし。

スマートフォンの履歴から龍一を探し出すのは簡単だ。昨日の夜も電話をかけてきてくれて、『次、いつ会えんの？』とねだられたばかりだから。

コール三回で、通話が繋がった。

『アキ？　どうした』

「龍一くん、あの、ごめん。いきなり電話して……いまちょっといい？　まだ学校？」

『や、もう帰るとこ。アキはいまどこ』

「池袋のファストフード店」

『いつもんとこ？』

「うん」

『ちょうどいい、そこで待ってろ。いまから五分以内に駆けつけてやる』

「え？　龍一くん？」

え、え、と繰り返しているうちに電話が唐突に切れた。おろおろしてしまうものの、待ってろと言われたのでおとなしく新しくコーラを買って席に戻った。スマートフォンを弄りながら、脳裏に浮かぶのはさっき見かけた章吾と、いま声を交わしたばかりの龍一だ。

どちらにも抗いがたい魅力があって、いつも引きずられてしまう。

弟の龍一は野性味を帯びた獣らしい若々しさで正面から食らいついてくるし、兄の章吾は計算高くするりと蛇《へび》のように近づいてきて意味深に身体に触れてくる。キスも愛撫もまったく違うふたりだから先が見えなくて、結果、抱かれている間は終始蕩けっぱなしだ。

――でも、この身に起きた出来事だけはちゃんと伝えなきゃ……。

もやもやする感情が胸の中で渦巻いている。龍一に会ったら、きちんと筋道立てて話せるかどうか不安だ。

電話を切ってから五分もしないうちに背後に気配を感じ、振り向くと同時にすりっと甘く頬擦りされた。

「待たせたな、アキ」

「龍一くん」

彼らしいオープンな愛情表現がくすぐったくて、ついくすりと笑ってしまう。この春高校三年生になってますます雄々しくなった龍一は、都内でも屈指の名門校の制服を着て、ブレザーの前を軽く開けている。きりりとした紺のブレザーとマスタードイエローのネクタイは凜《りん》としていて、龍一によく似合っていた。その手にもうトレイがあるのを見て、彰仁は空いていた隣席を指す。

「どうぞ、なんか食べるの？　お昼まだだった？」

「食べた食べた。これは単なる間食」

そう言いながらもビッグサイズのハンバーガーとLサイズのポテトフライ、コーラにチキンナゲットを次々平らげていく様が現役高校生らしくて好ましい。

龍一のいいところは、なんでも美味しそうに食べる姿だ。

実際にそう言うと、「結構料理するし」と返ってきた。

「えっ、龍一くん料理できたんだ」

「するよそりゃ。うち、両親共働きだし、兄貴も忙しいだろ。だから炊事は俺当番になることが多い。昨日はトマトガーリックのラザニアと、唐揚げを作ったんだ」

「へえ、美味しそう。僕も自炊はするけど、そんなに凝ったものはできないし。ごはん炊いて豚《ぶた》の生姜《しょうが》焼《や》きを作るぐらいだよ」

「今度アキにも食べさせてやるよ。すぐに俺と結婚したくなるぐらい美味いぜ。俺もアキの料理食べたいし」

指についたポテトの塩をぺろりと舐め取り、龍一が笑いかけてくる。

その若い微笑みが眩《まぶ》しいから、疼く下腹を無意識に押さえ、「……ん」と微笑む。

曖昧《あいまい》な表情に、龍一もすぐに気づいたようだ。

「なんかあったのか？　元気なさそうだけど」

「あの……ね」

なにから話そう。身体に起こった現実か、それともついさっき見かけた章吾のことか。

迷いあぐねた結果、深刻すぎる問題はさておき、なんでもないふうを取り繕って「さっき、章吾さんがそこを通りかかったんだよ」とあえて明るい口調で言ってみた。

「声、かけなかったけど」

「なんで」

「え？　あ、なんでっていうか……その……知らない女性と一緒、だったから……」

「はあ？」

あからさまに顔をしかめた龍一が食べ終えたハンバーガーの包み紙をぐしゃぐしゃに丸める。

「どういうことだよそれ。兄貴に女ができたとか聞いてないぞ。そもそも俺たちはアキだけだ」

「うん、僕もそう思ってる……けど、章吾さんは違うかもしれないし……あ、でも、仕事の相手とかかも。綺麗なひとだったよ。ピンクのワンピースがよく似合ってて、大人の女性って感じだった」

……未熟な僕と違って。

内心で悲しいことを考えていたのが顔に出たのだろう。

「そんな顔すんなよ。俺が寂しくなる」

ぽつりと呟いた龍一がこつんと肩先をぶつけてくる。

「アキにはいつも笑っててほしいんだよ。そんな顔させるなんて、章吾の野郎、ぜってぇ許せねえ。問い詰めてやる」

言っているそばから怒りがこみ上げてきたのか、龍一は眉を吊り上げる。

龍一の勢いに気圧《けお》されたものの、彼にすがって喧嘩させるわけにはいかない。章吾の行方を突き止められなかったのは自分のせいなのだから。

「ま、待って、ごめん、僕の勘違いかもしれないからさ」

なだめるようにその逞しい腕にすがりながらも、胸の奥がじわんと温かい。

自分の代わりに怒ってくれるなんて。不甲斐なさと恥ずかしさが交差する。ほんとうだったらさっき一瞬でも外に飛び出して章吾を呼び止め、「こんにちは」と声をかければよかったのだ。もしくはメールでなにげなく、「見かけました」と伝えるとか。でも、実際はどうだろう。ファストフード店の窓際でぼんやりしていただけで、強くやさしい龍一に頼ってしまっている。

「……ごめんね。僕に勇気がなくて、ちょっとタイミングが悪くて声がかけられなかっただけ。あんまりたいしたことじゃないと思うよ」

「それでもなんかルール違反だろ」

目を眇め、龍一はまだ怒り冷めやらぬ表情で空になったコーラのカップを振り回す。そして唐突にぴたりと手を止め、「——でも」と声を潜めた。

「いまのあんたは俺だけのものなんだよな。章吾の目が離れてる。可愛いアキを放っておくあいつが全部悪いよな」

「りゅ、龍一くん？」

隣にいる大きな塊《かたまり》がじわりと熱を孕む。

「いまのアキには俺がいる」

「……うん」

「あんたを守ってやれるのは俺だけだ」

「ん……」

繰り返し囁かれて身体が熱くなる。龍一はまっすぐな性格なので、余計な言葉を差し挟まない。それがいま威力を増してひたひたと彰仁を呑み込んでいく。

覆い尽くされそうだ、と胸を昂ぶらせた矢先に、カウンターに置いていた手をギュッと掴まれた。

「……龍一くん」

「俺はチャンスを逃したりしない。なあアキ、俺を選べよ。あんな食えない兄貴のことなんかどうでもいいから、俺だけを視界の真ん中に置けよ。俺があんたを頭からバリバリ食い尽くしたいぐらい好きだってことはもうとっくにわかってるだろ」

ストレートな言葉が胸を大きく揺らす。漆黒《しっこく》の瞳に魅入られたように彰仁はこくりと頷き、ほっと息を漏らして隣におずおずと身体を預けた。

「……いい、のかな……きみを頼ってしまって……」

「いいも悪いもないだろ。もっと俺を信用してこき使えよ。一応、あんたより年下なんだからさ」

その言葉にくすっと笑い、「ん……」と顎を引いて自分からも龍一の手を握り返す。

「どっか静かな場所に行こうぜ。あんたを抱きたい」

耳たぶを噛まれるようにして言われると抵抗できず、もじもじしてしまう。龍一と章吾に愛され尽くした身体は一つ二つの囁きで火照るように変わったのだ。

「どこ行く？　俺んちでもいいけどたまにはホテルとかでもいいぜ」

「きみ、制服姿なのに」

「だから、そこはあんたが大人として部屋を押さえてくれよ。アキだって、家に帰るまで待てないだろ？　制服の俺が行っても怪しまれないホテルを押さえて」

「もう」

ほらほらと肘《ひじ》で脇腹をつつかれ、そそのかされるようにスマートフォンを取り出し、ここから近くのシティホテルを探す。平日の昼間だからどこも空室があるので、歩いて五分ほどのところのツインルームを予約した。

「もうチェックインできるみたいだよ」

「なら、すぐ行こうぜ。腹は満たしたし、次はあんたの番だ」

意地悪なやり方で追い詰めてくる章吾と違い、龍一はあり余る若さと力で圧してくる。それこそスタミナが切れることを知らないかのように。

抱き潰される、という言葉をこの身体で知るために、彰仁は龍一に肩を抱かれながらぼうっとゆだっていく意識で席を立った。


「ん……やぁ……っ……」

ホテルの一室に入るなり、背後から龍一が羽交《はが》い締《じ》めにしてきて彰仁をベッドに押し倒し、上体だけを倒す。掲げさせた腰からジーンズと下着を引き剥がして慎ましやかに閉じる窄《すぼ》まりかられろーっと舌を這わせて、彰仁の秘密の部分を暴いていく。

「相変わらずアキの女の子はエロいな。蜜でぐしょぐしょだ」

「ん、ん、だって、エレベーターの中からずっと、弄ってくる、から……ぁ……っ」

そうなのだ。ホテルのエレベーター内で彰仁はジーンズの股間をまさぐられ続け、ひどく敏感な女性器を刺激されっぱなしだったのだ。

彰仁には、小ぶりだが、女性器と男性器のふたつがある。いわゆる両性具有と呼ばれる身体だ。龍一に舐められるとひどく感じてしまうクリトリスの皮を剥かれると同時にいきり勃つペニスも揉まれ、あっという間に絶頂に達してしまいそうだ。

「だ、め、おねがい、僕だけ……っじゃ、いやだ……」

「いいから何度でもイけよ。俺が一度挿れたら長いことはあんたもよく知ってるだろ」

知っている。わかっている。長大で雄々しい龍一のモノを呑み込まされたら最後、気を失っても揺さぶられ続けてしまうのだ。快感の中で意識を手放し、快感の中で目覚める。そんなことができるのはタフな龍一だけだ。

ちいさなアナルを指で弄られながら、女性器としての縦の割れ目を舌先でくすぐられる。章吾と龍一に愛され続けた結果、未熟でしかなかったクリトリスはいまやちろりと舐められるだけで簡単にぷっくりふくらみ、突起としてさらに触られやすくなった。蜜壺もあるので、クンニリングスを受けている間終始蜜がとろとろとこぼれっぱなしで、龍一の鼻先を湿らせる。

「ん、甘い匂いだ」

くんくんと犬みたいに鼻を鳴らす龍一に恥ずかしさが募り、無意識に尻を振った。最近、ペニスを弄られるぐらいクンニリングスにも俄然《がぜん》弱くなり、龍一の大きな逸物《いちもつ》を挿入される前に軽く達してしまうぐらいだ。

いまもそうで、秘裂をちろちろと舌先で抉られて肉芽をちゅうっと吸われただけで身体が強くしなり、頭の中が真っ白になる。まるで火花がそこかしこに散ったみたいな錯覚にうっとりと蕩け、腰ががくがく震えてくる。

「こら、しっかり立ってろ。アキのおまんこをちゃんと綺麗に舐めてあげないと彼氏じゃないだろ？」

「もぉ、……いじわる……っあ、あ、またきちゃ……っ」

床に膝をつくかベッドに突っ伏したいのに、龍一はそれを許してくれず、時折尻の肉たぶをきつく掴んで左右に押し開き、顔ごと強く突っ込んでくる。龍一の鼻の高さや頬骨のありかなんかを秘めやかな場所でわかってしまうのは罪深い。

熱いくちびるは女性器を堪能したあとに指で拡げていたアナルへと辿り、狭いそこに舌先をねじ込もうとしてくる。そして今度はペニスの先端を指で弄られた。同時に何か所もの快感を責められて、「あ、あ」とひっきりなしに喘いでシーツをかきむしる。もう何度達しても許してもらえない気がする。

「おまんことアナル、ペニス、どこが気持ちいい？」

「ぜん、ぶ……っぜんぶ、きもちい……」

身体のすべてがじんじんして蕩けてしまいそうだ。許して、ごめんなさい、と夢中で口走るのだけど、ここでほんとうにやめられてしまったらそれこそ気が狂ってしまうだろう。

「おっぱいも見せろ」

「う……ん……っ」

やっとベッドに乗り上げてきた龍一が覆い被さってきて、彰仁の水色のシャツに手をかける。忙しなくボタンを外されていく間も鎖骨にがじがじ噛み付かれ、くすぐったい。愛情を放ちたくて仕方がない大型犬みたいに見える龍一がなんだか可愛くて、両手でその頭を抱き締めた。

「龍一くん……」

「おっぱいもずいぶん真っ赤になったよな。俺が弄っただけでぷっくりしやがって……アキのエッチ」

「だって、……だって、龍一くんが強く吸ったり噛んだり、するから……」

言っているそばからチュクチュクと噛まれ吸われて、ピンと勃った乳首を舌先で捏ね回される。根元からじわりと揺れるような快感を生み出すのは不思議だ。確かに女性器は持っていたけれど、胸で感じるようになるとは思っていなかったのだ。

ちゅぱちゅぱと吸い付かれてペニスを扱かれるうちに、後ろももう解けてくる。孔の奥がきゅんきゅん疼いて、いまかといまかと龍一を待ち構えている。

「たまんねぇな……」

龍一が低く唸り、手早く制服を脱いで若々しい裸身を晒し、隆とそそり勃つ男根の先端でアナルから女性器をにゅるにゅると辿ってくる。その感覚だけでイってしまい、もう底なしだ。びくびくと身体が波打ち、アナルも女性器も龍一を待っている。

「どっちを先にする?」

「う……」

今日はふたりきりだが、龍一としては両方とも攻めるつもりらしい。先ほどまでクリトリスや秘裂を弄られまくっていたせいで、そこが腫れぼったくなり、じっとしていられない。

「お、……おんなのこ、のほう……して……」

「わかった」

アナルからずるりと肉棒がずれて、高々と上げた腰の奥、淫らにひくつく蜜壺にずんっと突き込まれた。

「ア……——っ！　あ、あ、っあぁ」

瞼の裏がチカチカする。大きく太いモノを挿れられた瞬間にビクンと身体がしなり、電流のような激しい絶頂感が走り抜ける。

「まだ先っぽ挿れただけだぜ」

くすくす笑う龍一がずぶずぶと埋め込んできて、リズムをつけて出し挿れを始める。潤う蜜壺は貪欲に龍一を呑み込み、いまにも最奥に突き当たりそうだ。

「あ、ん、っ、やさしいのが、……いい……」

「ん？　ん、オッケー」

あまりに強い快楽で涙声の彰仁に龍一は素早く反応し、浅めに突いてくる。中をかき回されるだけで息が切れ、クリトリスを指で押し潰されるたびに絶頂の波に溺《おぼ》れてしまう。

「あ、……っやだ、もぉ……また、イく……ぅっ……！」

「はは、何度だってイかせてやるよ。いまだけはアキは俺だけのもんだもんな。散々擦って突いて、どろっどろになったらアキん中にぶちまけてやる」

きっとそうなるだろう。龍一の言葉はいつも絶対だ。やだ、怖い、とうわごとのように呟きながらも、彰仁は熱を帯びた陰唇の中に龍一の男根を深々と咥え込み、弾けるときを待っている。

自然と火照る身体を波立たせ、「イく、イっちゃう」と喘ぐと、龍一のストロークが激しくなった。

「あー……熱いぜアキ。おまんこで気持ちよくイけたら、次はアナルで最高に悦がらせてやるからな」

「ん、ん、もう……っ……あぁ……！」

ぴんと爪先を伸ばして極みに達する。頭の中が真っ白になり、ただもう龍一と繋がっている場所だけがひどく熱い。奥のほうできゅうんと龍一を締め付けているのがわかる。彼の子種を欲しがるように。

「……くそっ、俺もだ……！」

唸りながら首筋に噛み付いてきた龍一がどっと強く撃ち込んできた。

飲みきれないほどの精液はじわりと秘裂からあふれ出し、尻の狭間にまで濡れ落ちていく。

「ん、あ、いい……いい……」

「アキ……」

ちゅ、ちゅ、とキスを繰り返してくる龍一が冷めやらぬ情熱を持って彰仁の身体をひっくり返し、四つん這いにさせる。そうして今度は腰をしっかりと引き上げ、後ろから貫いてきた。

「次はこっちだ。アキはいいよなぁ、感じる場所がいっぱいあって。俺の精液でドロドロになっちまえよ」

「りゅう、いちくん……」

シーツをかきむしって彰仁は肩越しに彼を見つめる。甘い涙に濡れた目で。

――いっそ、赤ちゃんができたらいいのにな……。

蜜のようにトロリと溶けゆく意識の中でそんなことを考えた。


龍一に愛され尽くして二日は腰がじんじんし、足元もよろめいた。いつもこうだ。加減を知らない龍一に抱かれるとほんとうに意識を手放すまで達し続けてしまうので、翌日はベッドから出られない。

大学の講義は休むことにし、友だちにこっそり代返を頼んだ。いつも彰仁の丁寧なノートを貸している友だちは鷹揚《おうよう》に頷いてくれたので助かる。

——まだ龍一くんのが挟まってるみたいだ……。

気づくと腰をさすってしまっていて、顔が熱い。

九州の親元を離れてひとり暮らしを送るアパートで一日ゆっくり休み、次の日は気分転換に街へ出かけることにした。書店にでも行って、なにかおもしろそうな本を探そう。大学で英文科に籍を置いている彰仁は、将来、翻訳家になりたいと思っている。

その一環で、龍一の英語の家庭教師も務めているのだ。教えることで自分に足りないところを知るのは大事だし、もっと深く掘り下げたいという欲求も生まれてくる。

快感への欲はもちろんだが、知識欲というのも生きていく中で大切だと実感しているので、暇さえあれば書店に寄って本をあさる。

今日は神保町《じんぼうちょう》の古書店街を回り、古いミステリー小説の原書を何冊か買った。新しい本も欲しかったので、大型書店で最近話題になっている推理小説を買い求めていると、ふいに「——アキ？」と声をかけられた。

驚いて振り向くと、章吾だ。今日もきちんとしたスーツ姿で、理知的な印象を強める眼鏡がしっくりはまっている。

「びっくりした……章吾さん、偶然ですね」

「あなたとは嬉しい偶然が重なるようだ。今日は書店で買い物ですか」

「はい。古書店でいくつか買ってきました。ここでは新刊を。章吾さんも？」

「愛読しているビジネス誌を買いに来たんですよ。電子書籍でも読めますが、やっぱりページをめくる感覚が私は好きなので」

「わかります。自分なりのペースでページをめくったり戻したりできるのって気持ちいいですよね」

章吾は同意するように笑み、「もう買い物は終わりましたか」と問うてくる。

「よかったらこのあと、一緒にお茶でもどうですか。近くに美味しい紅茶の店があります。焼きたてのスコーンやサンドイッチもありますよ」

スコーンやサンドイッチと聞いたらぐうっと腹が鳴ってしまって恥ずかしくなる。身体は気持ちよりずっと正直だ。

ともあれ小説を買って章吾とともに書店を出た。

平日の午前中、神保町はそれでも結構賑わっている。オフィス街だし、学校も近隣に多くあるからだろう。ランチタイム前のカフェに入ってみると空席があったので、一番奥のテーブルに陣取った。

店内はそう広くないが席と席の間がゆったりしていて、皆本を読んだり静かな声でお喋りしたりしている。焦げ茶色の壁紙にグレイのソファに椅子。Uの字型に二人掛けの卓が配置され、真ん中には大きなテーブルもある。そこには一人客がちらほら座り、タブレットPCを開く者もいれば買ってきたばかりらしい本をめくっている者もいる。

本の街、神保町だからこそその光景にこころが和む。このあたりはチェーン店も目立つのだが、やはりこういう個人経営の店はいい。

メニューを見ると紅茶がずらりと並んでいる。

「ポットでたっぷり来ますよ」

「そうなんですね。じゃあ、最初はファーストフラッシュのダージリンにして、スコーン……サンドイッチ……ううん……」

どっちにしようと真剣に悩む彰仁に章吾は可笑しそうに笑う。

「ランチにサンドイッチセットがありますから、それをお互い頼んで、スコーンも一皿頼みませんか？　シェアしましょう」

「いいですね、ぜひそうさせてください」

周囲を見ると、女性客たちが楽しそうにランチセットをシェアしている。男性客は一人客が多いので、サンドイッチセットを頼んでいるひとがメインだ。こういうとき、さりげなくシェアを申し出てくれる章吾の大人ぶりに頼もしさを感じ、――やっぱり好きになってよかったなとほっとする。

せっかくのふたりきりなのだし、この間のことを訊いてみようか。素直に「あの綺麗な女性、どなただったんですか？」と訊けば、章吾もあっさり教えてくれるに違いない。

うまく切り出せれば。なにげないふうに訊ければ。

そう思うものの、運ばれてきたダージリンティーの美味しさに目を瞠り、ついでハムとチーズ、新鮮なレタスを挟んだサンドイッチにかぶりついた途端目を丸くした。野菜はシャキシャキしているし、ハムはこっくりと深い味だ。

「すごく美味しいです……！」

章吾と一緒にいるせいだろうか。サンドイッチも紅茶もひどく美味しくて、ふわふわした気分だ。一瞬でも悩んでいたことが薄れて、美味しい食事に夢中になってしまう。

――やっぱり、章吾さんが好きだ。こんなふうに一緒にいられるだけで嬉しい。

「よかった。この店はお気に入りなんですよ。仕事でこのあたりに来たら寄るようにしています」

微笑み、章吾も綺麗な所作でティーカップを取り上げる。その薄めのくちびるが可愛らしい花模様のカップの縁に近づくと、わけもなくドキドキしてしまう。切れ長の目も通った鼻梁《びりょう》も目を惹く要素だが、なんといってもくちびるが色っぽい。ちいさく笑うときゅっと口角が吊り上がり、なんとも言えない気分にさせられるのだ。

「どうしました。もうお腹いっぱいですか？　スコーンが来ましたけど」

「あ、……あ、食べます食べます」

章吾の言ったとおり、スコーンは焼きたてで、触れると熱い。そうっと慎重に二つに割り、

まずはクロテッドクリームを塗ってひと口。

「ん……！」

思わず頬がほころんだ。外側はサクサクなのに、中はしっとり熱くて抜群に美味しい。

「ストロベリージャムもどうぞ」

「はい！」

章吾のすすめに従ってクロテッドクリームの上にストロベリージャムをさらに塗り、もうひと口。ふわっと甘さと酸っぱさが口の中に広がり、真面目に咀嚼してしまうぐらいだ。

「こんなに美味しいスコーン、初めてです」

「ですよね。私もここのスコーンを最初に食べたときそう思いました。お土産に買って帰ることもできますよ」

「ほんとうですか？　せっかくだから買って帰ります」

あまりの美味ににこにこしながら紅茶とサンドイッチ、スコーンを楽しんでいたが、――そうだ、そうだったと思い出した。

この間見かけたことを訊いてみたい。

「あの……ちょっと前なんですけど、二日前かな？　章吾さん、池袋にいらっしゃいませんでしたか」

「いましたよ。あそこに職場があるので」

思った以上にさらりと答えてもらえた。

そういえば章吾は商社勤めだと聞いている。きっと会社でも有能なのだろう。仕事の合間を縫って神保町にビジネス誌を買いに寄るぐらいだ。

「初耳です。なんか印象として日本橋《にほんばし》や大手町《おおてまち》あたりに勤務してるんだと思ってました」

「ふふ、池袋が好きなんですよ。利便性もいいし、いろいろとおもしろい街ですしね。取引先や自分のビルもありますし。それがなにか？」

凛とした雰囲気で訊かれると、直球を投げづらい。

「あの……」

言いよどみ、紅茶で口内を潤す。スコーンが喉につっかえそうになるのをなんとか飲み込み、「あの」ともう一度口を開いた。

今度は勇気を持って。

「……あの、二日前、いつものファストフード店のあたりに……女性と一緒にいらっしゃいませんでしたか」

「ああ、そういえばそうだったかな。うん、そうかもしれません。それが？」

それが、と言われると返す言葉に詰まる。

こっちはどういう相手なのかハラハラしているのに。

「それが……っていうか……」

どんな関係で、いくつで、どんなひとなのか。訊きたいことは山のようにあるが、ひとつもまともに言葉にならない。

「なんか……親しげだったなって思って……仕事、関係の方ですか？」

「気になりますか？」

質問に切り返されてぐっと言葉に詰まる。ここで気になりますと正直に言えたらいいのだけど、章吾の目には思わせぶりなからかうような光が宿っている。年上の男にもてあそばれているのはいつものことだが、そう毎度毎度手のひらの上で転がされるのもおもしろくない。

「べ、べつに。ちょっと見かけたから、訊いてみただけです。気にしてません」

「ふぅん……」

こころにもないことを返すと、「なるほど」と章吾は素っ気ない。どことなく、彰仁の反応を見定めるような鋭い視線だ。

「綺麗なひとでしたよね」

「そうですか？　私にはアキのほうがずっと可愛くて魅力的ですが」

これまたするっとかわされてしまう。

みっともなく食らいつけばよかったと思ってももう遅い。章吾は手早くスコーンを食べ終えると、腕時計を確かめる。

言いたいことがあればはっきり言えばいいのに。不甲斐ない自分が情けないばかりだ。

「そろそろ私は社に戻らなければ。残念ですが、また連絡しますから」

「……はい」

意気消沈する彰仁を冷静に見つめていた章吾だったが、先に席を立ち、会計をすませる。そうしてレジ横に置かれたスコーンの袋をふたつ取り、「これも」と店員に差し出している。

「お土産にどうぞ、アキ」

「え、いえ、あの自分で買います」

「せっかくのランチを急がせてしまった詫《わ》びですよ。クロテッドクリームも一緒に買いましょう。家で温めて食べてみてください」

「……ありがとうございます」

こういう温かさに触れると、我《わ》儘《まま》を言えなくなる。

――もっと一緒にいて。もっとそばにいて。僕はあなたが気になるんです。この間の女性、章吾さんにとってどんな相手だったんですか。大事なひと？　もしかして、秘密の恋人？

いまこの場で訊ければどんなにいいだろう。だけどやっぱりどこまでも追いすがる自分を不安に感じて、結局はスコーンとクロテッドクリームが入った紙袋をありがたく受け取ることで終わった。

カフェを出たところで、章吾が軽く手を振ってくる。

「今週は忙しいんですが、来週には時間が空くと思います。電話してもいいですか？」

「大丈夫です。お仕事、頑張ってくださいね」

「アキもね。じゃあ、また」

颯爽《さっそう》と歩いていく章吾の背中がみるみるうちに遠ざかっていく。

急ぎの仕事があるのだろう。振り返りもしない彼にこころ細さを感じながらも、彰仁はちいさく頭を振る。

だめだ。悪いことばかり考えるのは。あの場で意を決して訊けなかった自分がいけない。彼が仕事の相手だと言ったならばそうなのだろう。その言葉を信じて、今日はもう帰ろう。

章吾に買ってもらったお土産が唯一の慰めだ。

——龍一くんに電話してみようかな。

ふっと思うが、弱っているときに龍一を頼ってばかりなのもよくない気がする。情の厚い彼に愚痴をこぼせばきっととことん励ましてくれるだろうが、章吾との仲を悪くさせてしまうかもしれないのだし。

思いあぐねてうろうろしてみるが、いい案が浮かぶわけでもない。

とにかく、今日は家に帰ろう。ひとりでゆっくり考える時間もときには必要だ。

「銭湯でも行こうかなぁ……」

なんとなくそう思う。広いお風呂でのんびり足を伸ばせば、気分転換もできるんじゃないだろうか。

そうしよう。アパートの近くには昔ながらのゆったりした銭湯がある。四時には開店するから、一番に駆け込めば誰の目も気にせずに綺麗な湯に浸かれるはずだ。

大きく息を吐き出して、彰仁は歩き出す。

自分で言うのもなんだが、少し頼りない足取りだ。


数日、龍一とは連絡を取り合い、互いの学校帰りに会って食事を一緒にしたが、その先に進むことはしなかった。龍一の温もりを感じて安心したかったのだけれど、彼を利用するのはよくないと思ったからだ。性的な発散をすれば一時的には落ち着く。けれど、根本的な解決には至らない。

次の週になっても、章吾からは連絡がなかった、思い余って「元気ですか？」とスマートフォンからメールしたのだが、返答もない。

日に日に、あの女性の影がこころに重くのしかかってくる。

章吾は子どもっぽい自分に飽きが来て、あの女性に乗り換えたんじゃないだろうか。充分に成熟していたし、なにより中途半端な自分とは違って完全なる女性だ。

そこで下腹部を押さえ、暗澹《あんたん》たる気持ちになる。

重大な秘密を龍一にも章吾にもまだ明かしていない。

いつか言いたいと思っていたが、このままではきっかけすら見失って龍一たちと空中分解してしまいそうだ。

いずれは言わなければいけないことだ。秘密にしておくことはできないし、したくない。ふたりにはわかってほしい事実だ。もし、話したうえで理解ができないと言われたらそれまでだし、その先のことはそのとき考えよう。

あの龍一と章吾ならきっと受け入れてくれる気がするが。

――勇気を出さないと。

金曜日の夜、決心した彰仁は龍一に電話をかけた。

彼はすぐに出てくれた。家にいて、テレビを観ていたようだ。

『アキ？　どうしたんだ』

「龍一くん、お願いがあるんだ。……明日、ちょっと付き合ってもらっていい？」

『どこへでも。お熱いデートでもするか』

「ふふっ、龍一くんはやさしい」

『それが俺のいいところだろ。どこに行きたい？　アキのお望みどおりに』

明るく言ってくれる龍一にやっと前向きになり、待ち合わせの時間と場所を決めた。

その夜は早めに寝て、次の朝、いちばんにシャワーを浴びて頭のてっぺんから足の爪先まで綺麗にする。今日はすっきりした気持ちで家を出たい。グレープフルーツの香りがするボディソープで身体中を泡立てるとふんわりと気持ちが浮き立ってくる。

どんな細かいことでも拾うのが自分のいいところだが、短所になるときもある。いまがそうだ。

些細《ささい》なことに足を取られて前に進めなくなるぐらいなら、いっそ当たって砕けてしまいたい。

待ち合わせ場所に赴くと、もう龍一が待っていた。黒のTシャツに鮮やかな青のシャツを羽織り、長い足を引き立てるブラックのクラッシュデニムを穿いている。

彼が立っているのは、池袋のいつものファストフード店の前だ。はめ殺しの窓に寄りかかるようにしてスマートフォンをチェックしている龍一につかの間見とれてしまう。

行き交うひとびともそうだ。雄っぽい香りを全身から放つ龍一に男も女も一瞬目を奪われるようで、彼の前にはちょっとした隙間ができている。

それを意に介さず、龍一はスマートフォンを見つめたあと、ふいっと顔を上げ、人垣のこちら側にいる彰仁を見つけ出し、「よう」とにこやかに手を上げた。

「早いな。時間前だ」

「龍一くんこそ早いね。ごめん、いきなり呼び出して」

「なんのなんの。大好きな恋人に呼ばれたらどこにでも駆けつけるのが俺の役目だ」

「もう、龍一くん」

こそばゆい気分を味わい、彼と一緒に歩き出す。

「今日はどこに行きたいんだ。買い物か、メシか？」

「うん、あの」

何度か唾を飲み込み、「章吾さんの」とつっかえつっかえ言う。

「……章吾さんのビル、覚えてる？」

「ああ、コスプレハウスがある雑居ビルだろ。あの怪しいヤツ」

「そう、そのビルに行こうと思って……」

「どうして」

「なんとなく、章吾さんの秘密があそこに隠されている気がするから。僕の考えすぎかもしれないけど……確かめたくて」

怪訝《けげん》な顔をする龍一に、彰仁はうんと頷く。

「兄貴の秘密？」

あれからいろいろ考えてみた。

くだんの女性とここ池袋を歩いていたのは仕事のためだと龍一は言っていた。だとすると、あの持ちビルに関与することではないだろうか。過去に一度、あのビルのコスプレハウスに紛れ込んだことがある。男性客が集まる場所で龍一と章吾に愛され、秘密の女の子の部分も晒してしまった。

一様に興奮する男たちに恥ずかしさと熱っぽさが募り、何度も達してしまったっけ。

自分としたことがあらためてすごい行為をしてしまったと顔から火が出そうだが、いまはとにかくビルに行ってみたい。

あの時は、結局中を見て回ることができなかったから。

あそこは、コスプレハウス以外なにがあるのだろう。章吾がタイミングよくいるとはかぎらないが、なにかきっかけが掴めれば。

覚えのあるビルに着き、見上げる。地上五階建てでまだ真新しい。これを章吾は株で儲けた金で建てたと言っていた。商社勤めをしながら株取引にも才があるなんて、よほど頭の回転が速い証拠だろう。

「外から見るかぎりはコスプレハウスしか看板が出てないな」

龍一の言うとおりだ。コスプレハウスは最上階である五階にあり、そこには以前一度行ったことがあるから様子はわかっている。

他の階はなにが入っているのだろう。思案顔をしていると、「ま、入ってみようぜ」と龍一が気軽に言って手首を掴んでくる。

「俺がいるから大丈夫だ」

「うん……そうだね」

ここまで来たなら覚悟を決めなければ。章吾がいるかもしれないし、あの女性に会えるかもしれない。どちらもなくても、このビルにどんなテナントが入っているのか気になる。

ふたりでビルの入り口に入り、前のように階段を使うことにした。エレベーター隣のテナント看板にもフロア案内は出ていなかったので、一階ずつ確かめたい。

龍一を先頭に細い階段をゆっくり上っていく。手すりがないので壁を伝って。どこかに触れていないとこころもとないのだ。

前に三人で上った非常階段はこころにやましさがあるからか、こんなに薄暗かっただろうかと不安になる。

一段一段踏みしめていくと、踊り場でくるりと龍一の姿が見えなくなった。

「龍一くん?」

そのときだ、灯りが突然落ちたのは。

途端に真っ暗になり視界が奪われる。急速に心臓がどくどくと駆け出し、「りゅ、龍一くん、どこ?」と絞り出す自分の声も震えている。なにかの故障だろうか。それとも驚かされているのだろうか。

でも誰に?

いったいなんの目的で?

バタン、と金属製の扉がどこかで閉まる音が階段室に派手に響いた。そのことにどっと汗が噴き出し、ますます鼓動がはやる。

壁を手探りし、見えない視界の中に龍一の姿を必死に探す。だが、なにも指先に触れない。龍一の声もしない。気配もない。

闇の中にひとり取り残されたのだと思ったら、じわじわと恐怖感がこみ上げてくる。臓腑がゆったりとねじれ、いまにも背後から誰かの手が伸びてきそうだという錯覚に襲われ、ぱっと振り向くが誰もいない。

「……龍一くん……」

もう一度か細い声で呼び、そろそろと壁にすがって階段を一段上るなり、再び近くの扉が開く。

キィッと軋《きし》む音に耳をそばだてた瞬間、ぶわっと背後からなにか熱い塊のようなものが襲いかかってきた。

「な……！　なに！　誰だ！」

声を上げ、必死に手を振り回すが、手首をぎっちり捕らえられ、続いて口元になにか布のようなものが押し当てられた。つんと鼻を刺す刺激臭を反射的に思いきり吸い込んでしまい、ハッとなる。

苦しさよりも目眩《めまい》が先にやってきて、足元がふらつく。

「だ、れ……」

懸命に声を絞り出すが、消え入るような響きだ。耳鳴りがし、頭の中に白い靄《もや》がかかっていく。

ふっと意識が途切れるのと同時に、身体がふわりと浮き上がった。

誰かに抱きかかえられている。

そう実感したとき、彰仁の意識は闇に落ちた。


次の目覚めは深い水底からゆるやかに泡が立ち上るようにやってきた。

ぷくん、とひとつ泡が弾け、わずかに意識が鮮明になる。

いったい、なにが起きたのだろう。階段を上っている最中に灯りが落ちて誰かに襲われたところまでは覚えているが、そこから先はなにもわからない。

なんだか胸のあたりがむずむずして触れようとしたのだけれど、指先が持ち上がらなかった。

なぜ、とぼんやり蕩ける意識で考え、重たい瞼を開く。

まばゆい光が瞳孔《どうこう》を貫いた。

そのことにぎくりとしてなんとか両目を開くと、目の前はうっすらとした靄で覆われていた。

霧《きり》が立ちこめているのだろうかと最初考えたが、違う。

煙草の紫煙だ。そうとわかったのは、靄の中にぼんやりと葉巻を指に挟んだ男の姿が見えたからだ。

スーツを着た男がずらりと並んで座っている。

彰仁は身体を大きく動かすことができなくて、腕を持ち上げることもできなければ、足の爪先を蹴り上げることも不可能だ。腿の付け根にも違和感を覚える。

なぜ、なぜなのか。どうして？

頭の底がじわじわ痛むがようやく開いた両目で自分の身体を見下ろし、愕然とする。

両足が動かないのも当然だ。

左右に大きく開かされ、足首は両側に立った真鍮《しんちゅう》のポールのようなものに括《くく》り付けられている。銀の輪っかが足首にはまっているのを確かめ、まさかと思って腕を動かそうとしたのだけれど、背後に回っていて手首が括られているようだ。揺するとガシャガシャと音がすることから、たぶん手錠のようなもので拘束されているのだろう。

彰仁自身パニック寸前だが、できるかぎり冷静に考えてみると、どうやら椅子に座らされ、手足の自由を奪われている。しかも大股を開かされ、粗い編み目の黒いスキャンティ一枚だけを穿かされて。

「な……っなに……これ……」

胸も足も晒して、唯一秘部だけは頼りない布きれで覆われているという現状に困惑の声しか出てこない。

「……ッ」

次第に意識がはっきりしてきたので注意深く靄に目をこらすと、椅子に腰掛けた男たちが見えた。誰も彼もが仕立てのいいスーツを身にまとい、ある者は葉巻を吸い、ある者は細い紙巻き煙草を吸っている。皆、裕福そうなゆとりに満ちていて、なおかついやらしい目線で彰仁のすべてを余すところなく見つめていた。

「うぶな顔をしていて乳首が真っ赤だ」

「敏感そうなところがまたいいじゃないですか。啼かせたらいい声を出しそうだ」

「これが最後の出し物のようだが、可愛い男の子という以上になにかお楽しみがあるのかな？」

下卑《げび》た笑い声が部屋中に満ちていたたまれない。彰仁と男たちがいるのはそう広い部屋ではなさそうだ。光量が巧みに調整されているから、奥のほうまではよく見えない。ほとんどの男は椅子に腰掛けているが、奥には立ち見の者もいるようだ。

見世物、にされているのだろうか。

「――本日一番の上物を紹介しましょう」

斜め上から低く張りのある声が突如響き、そちらを振り向こうとしたのだが、声の持ち主は首が回せる範囲外にいて、その姿を確かめることはできない。

だが、確信があった。

その声には覚えがありすぎる。

「――章吾、さん……！」

「お目覚めですか、眠り姫」

くすっと笑った章吾が身体を前のめりにし、視界に入ってくる。

いつもの洒脱《しゃだつ》なグレイのスーツとは違い、フォーマルなブラックスーツに身を包んだ章吾はきちんと整ったネクタイのノットに手をやったあと、そっと彰仁の髪を撫でてくる。

「だいぶ長いこと目を覚まさなかったので心配しましたよ。薬が強すぎたかな？」

「くす、り」

「そう、階段の途中で嗅がされたでしょう？　あれであなたは一時的に気を失った。そうして、私にこんな姿にさせられたんですよ」

なにが可笑しいのかくすくす笑う章吾をバカみたいに穴が空くほど見つめ、唐突に大切なことを思い出して咳き込んだ。

「――りゅ、ういちくんは？　龍一くんはどうしたんですか？」

「自分が置かれている状況より弟の心配をしますか？　妬《や》けますね、アキ。いくらこころの広い私でもあなたをちょっと苛めたくなってしまいます」

言うやいなや章吾は背後に隠していた右手を差し出してくる。その手には、細いスティック状のものが握られていた。それを長く伸ばしているところからして、ポインターのようだ。

先端に黒いゴムカバーがついたポインターで彰仁の顎をつんとつついた章吾は、そのままずうっとなだらかに首から胸へと下ろしていく。くにゅりとした感触が乳首を探り当てたとき、思わずびくんと身体がしなった。

「おっぱいも丸出しで、恥ずかしくないんですかアキ。皆さんが観ていますよ」

「皆さん、って……なんですか、これ、どういう、ことなんですか、ここ……、どこなんですか」

一度疑問が噴き出したら止まらない。それにともなってかたかたと身体が震え出す。どうして章吾に拉致《らち》されたのか。なにか彼の怒りを買う真似をしただろうか。自分は至らない人間で、嫉妬《しっと》もしたりするけれど、大勢の男の前に裸同然で出されるほどの失敗はしでかしていないはずだ。

「章吾さん、どうして……なんで僕をこんな……っあ……！」

ポインターが乳首をくにくにと押し込んで、せり出すように下から突き上げる。そんな些細なことなのに敏感に反応してしまって乳首がツキンと痛いほどに尖る。

「……や……ん……ぁ……っ」

せつない声を漏らし、彰仁はぐうっと首をのけぞらせる。さすがは章吾だけあって、快感のポイントを知り尽くしている。

「こんなもので満足するあなたじゃないでしょう。龍一に乳首を噛まれて射精してしまうどころか、おまんこでも潮を吹いてしまうぐらいなのに」

「ッ……！」

章吾のよく通る声に、室内がどよめく。

「──その子は男の子じゃないのか？」

「胸のふくらみはないようだが……」

「でも、いま……」

男たちの困惑を煽り立て、章吾はポインターをさらにずらしてスキャンティの縁を持ち上げる。

「皆さんにお見せしますか。あなたの大事なところが二か所とも濡れているところを」

「二か所……？　ペニスとアナルか？」

「アナルは勝手に濡れないでしょう。ローションでも使わないかぎり」

「では……どういうことなんだ」

「彼らはね」と言って章吾が上体をかがめ、耳元で囁いてくる。

「あなたを高値で買おうとしている上客中の上客ですよ」

「じょう、きゃく」

「ここはオークション会場なんです。秘密の競りを行う場で、私のビル内でももっとも愉しい部屋ですね」

常識を疑うようなことを次々に言われ、二の句が継げない。

オークションと言われてもなにがなんだかわからないし、上客と言われてもますます混乱する一方だ。

だが、ひとつだけ意識に深く染み込んだ言葉がある。

「僕を……売る、んですか？」

「そうです」

「ど、して」

「あなたが可愛すぎるからですよ、アキ」

にこやかに微笑む章吾に初めて恐れを感じて、歯の根が合わない。さっきからずっとかちかちと震える音が頭蓋骨の中で響いている。

――売る？　僕を売る？　章吾さんが僕を？　誰に――目の前の男たちに？

考えれば考えるほど汗が噴き出てきて、背中がじんわりと冷たい。額は熱を帯びているのに、指先は凍えるようだ。

「待って、……待ってください、僕、……ぼく、なにか章吾さんを怒らせるようなこと、しましたか」

問いかけたが、章吾は薄く笑うだけで答えない。ポインターで女性器の割れ目を下着越しにつうっとなぞり、彰仁にああと艶やかな吐息をつかせてもまだ満足しないようだ。

なんだろう、なにがいけなかったんだろう。

龍一はどこに行ったのか。

「……ここに勝手に来たから怒ってる、んですか？　だったら……ごめん、なさい」

どうかすると声の調子が狂って、いまにも泣き出してしまいそうだ。

「ごめんなさい、章吾さん……許し、て、僕を売るなんて……嘘、ですよね？」

「嘘じゃなかったら？」

ひくっと喉の奥が締まる。

その言葉が嘘ではなかったら、自分は居並ぶ男たちの誰かに売られてしまうのだ。まるで中世の奴隷のように。

「や、やです、売らない、で……章吾さん、お願いです……っ僕がなにか悪いことをしたなら謝ります、ごめんなさい……ごめんなさい」

「ああもう、涙が目縁《まぶち》に浮かんでいる。潤んだ瞳をしているアキはどうかしてしまいそうなほどに綺麗だ」

そこで章吾は低く声を落とし、彰仁だけに聞こえるように耳元で囁く。

「女性器とペニス、どっちを先に弄ってほしいですか？」

「──その子は、どういう子なんだ。男の子なのか、女の子なのか」

たまりかねた男が声を上げるのに対し、章吾は意味深に笑い、「さあ？」と言う。

「それはお買い上げになられた方だけが知る秘密です。こんな掘り出し物、もうあとにも先にも出ませんよ。――そろそろ競りを始めましょうか。五千万から」

「五千五百万！」

「六千万円だ！」

いっせいに場が沸き、室内の熱が高くなる。

ほんとうにオークションなのだということをこの身で実感したところで、なにができるのか。

競りにかけられているのは、まさしく自分なのだ。

「八千万を出そう」

「では、八千五百万！」

「――いかがですか、アキ。どの男もあなたの秘密を知りたがっているようだ。一億に近い金額をつけられている気分はどうです？」

「ッ、しょうご、さん……！」

悪い夢を見ているのだ、そうだ絶対にそうだ。こんなのはただの悪戯。単なる章吾の気まぐれで、男たちもただのサクラだろう。彰仁を驚かせるためだけにこの場に集っているだけだ。

そう思い込もうとしたいのに、腕を振り上げてまで値段を口にする男たちに怖気がこみ上げてくる。なぜ、こんな異常な状況を誰も止めようとしないのだろう。それどころか、皆、この熱狂を楽しんでいる節さえ感じられる。

その間にも章吾はポインターで彰仁の割れ目をくすぐり、むくりと頭をもたげるペニスの先端を悪戯っぽくつつく。

「どっちもヌルヌルになってきたようですね、アキ。あなたは淫らだから」

「……そんな、っ、こと……ない……っ」

　歯を食い縛って快感をどこかに置き去りにしたいのに、先手を打つように章吾のポインターが秘部を探り、しつこく擦り始める。

「あ、あ……っや、ぁ……おね、が、い……ッやめ……っ」

「だめですよ、アキ。これはお仕置きなんだから。私を怒らせた罰ですよ」

「おこ、る……？　どう、して……どうして怒ったん、ですか、……教えて……」

　もはや涙声の彰仁に、だが章吾は容赦がない。いまにもスキャンティの縁から飛び出しそうなペニスをポインターでつついて押し込めてから、また乳首に戻ってくるくると円を描く。

　決定打を与えられない愛撫に、彰仁は悶え狂った。大勢の男の前ではしたないところを見られているという羞恥がこころと身体を炙《あぶ》り、正気を削《けず》り取っていく。

「やだぁ……っ」

　女性器はあれど、乳首からなにか出るわけではない。なのに、章吾はそこにローションを垂らして卑猥にぬるつかせ、ぷっくり腫れる様を男たちに見せびらかすようにポインターでせり上げていく。

「あ、っん……」

「乳首をつつかれただけでぐっしょり濡らしてしまいますか。ほんとうにあなたは――」

そこで章吾は腰をかがめ、囁く。

彰仁だけに聞こえるちいさな声で。

「――いい子だ」

「……ッ……！」

うなじをするりとやさしく撫で上げられた。

脳内を攪拌《かくはん》するような悪魔の囁きに身体がびぃんと弓なりにしなり、イききってしまう。

「あ、あっ、や……っあぁ……っ」

びくっ、びくっと小刻みに身体を震わせて絶頂に耽《ふけ》る彰仁に、章吾は可笑しそうだ。

「まさか、脳内イキですか？　触っているだけで？」

頭の中が重く、甘ったるく痺れてまともに思考が働かない。

ほんとうに絶頂を迎えたようで、雑な作りのスキャンティの中でペニスがひくひくしているが、射精した感触はない。章吾と龍一たちに突かれまくった先で得られるドライオーガズムと夢精のちょうど間ぐらいだろうか。

激しい快楽が電流のように全身を駆け抜け、一拍置いてどっと汗が噴き出る。

「しょ、う、ごさん……ん、く、ぅ……っ」

「ああ、ほんとうに脳イキをしたようですね。目が潤んでいつになくとろとろだ。くちびるも濡れて……いますぐキスしたいところですが、オーナー自ら商品に手を着けるのはよくありませんね。でも、お客様に大枚をはたいてもらうなら、潮吹きやお漏らしもしてみましょうか」

「もっと見せてくれ！」

「潮吹きって男でも可能なのか？」

「だがこの子は――」

客の熱はいよいよヒートアップしていき、章吾はそれをいいように操る。

「あなたの感度のよさを皆さんに知っていただくために――ね？」

「なっ……！」

潮吹きもお漏らしも人前ですることではない。なにがどうなって章吾をここまでさせているのか、頭の回転を速めたいのだが、今度はじかに章吾が乳首をつまんできてびくびくっと身体が震える。先端を指先でよじられると足の爪先がぴんっと反応するほどの快感が走り、じわじわと時間をかけて離される。その繰り返しでだんだんと乳首にはっきりとした芯が入り、生意気な感じで上向きになっていく。

いまやもう胸の尖りは真っ赤にふくらんで、いかにも男の愛撫を悦んでいるかのようだ。

「……ん……ッ悦い……あ……っ」

堪《こら》えたくても声が出てしまうせいで恥ずかしく、身体の内側に自然と力がこもる。淫靡《いんび》な熱も。そのことを自覚し、内腿を閉じたいのだが、寸前で章吾が素早くスキャンティの中に手を突っ込んできた。

「あ……！」

スマートな印象の彼にしては乱暴な仕草で不覚にもドキリとしてしまう。逃げようにも逃げられない状況で昂ぶりつつあったペニスを掴まれてぐしゅぐしゅと扱かれ、たちまちスキャンティから小ぶりの亀頭をはみ出させられた。

「や……や……ぁ……」

「いやじゃないでしょう。こんなにおちんぽを濡らして」

「……う……っう……ふぇ……」

卑猥な言葉で責められながら巧みに亀頭の割れ目をくすぐられて、首が後方にのけぞるほどに感じてしまう。龍一に激しく求められるのにも弱いが、章吾の冷ややかな声で追い詰められていくのもたまらない。

どちらの男にも選べないよさがある。そこが自分のだめなところなのだろうけれど、どちらかひとりにしろと言われたら自らそっと身を引く覚悟は決めている。御堂兄弟には喧嘩をしてほしくないし、きっと自分以上にいい男はいくらでもいる。

――でも、龍一くんと章吾さんは僕を好きだと言ってくれている。その間はずっとそばにいたい。そばにいさせて。

そう願いたくて必死に章吾と視線を絡めたものの、射精に誘導させることに専念したいのか、彼のほうは薄く笑うだけでキスもしてくれない。

「……しょうご、さん……おねが、い、……っこんなの、やめて……」

そしてキスをして抱き締めて。

売るなんて怖いことを言わないで。自分に悪いところがあるなら謝るから許して。

懇願する声はすべて喘ぎにすり替わってしまう。

「……ひ……っぁ……あぁ……っや、や、さき、先のとこ……あっそんな……ぐりぐりしたら……っ！」

鈴口をぐりぐりっと親指で抉られてほじられるようにされたらもう我慢できない。そのまま思いきり白濁を散らし、じっとりと内腿まで濡らす。精液は章吾のブラックスーツにも飛び跳ねて汚すが、彼のほうは意にも介さない。

「まったく……淫乱なあなたはちょっとおちんぽを弄られただけでイってしまうのですね。私のスーツまで汚して」

「ごめ、っごめん、なさ、い、あ、あ！」

達した直後なのにまだ鈴口をきつく抉られることに急激に焦りが募り出す。精液は勢いよく飛び出たばかりだから、もう出ないと言いたいのだが、敏感になりすぎた粘膜をじりじりと擦られるとせつなく疼き、なにか違うものが出てしまいそうだ。

なにか違うもの――猛烈な排尿感が腰骨を叩くように奥からこみ上げてきて、声を上げて泣いてしまいそうだ。射精とはまったく違うはしたなさと恥ずかしさに殺されそうで、手枷足枷《てかせあしかせ》を懸命に揺らして訴えた。

「も、もうやめて、お願いです、これ以上は……っあ……あっ……おねが、い」

「だめですよ。お漏らしをしたあとにあなたの大事なあそこを皆さんにお見せしなければいけないんですから」

大事なあそこ。

女性器のことだろう。それともアナルだろうか。どちらにしても隠したい場所なのに、今日の章吾は執拗に責めてくる。

ふたりきりならばもう少し甘く手加減してくれるのだが、いまの自分は彼にとって高価な商品なのだろう。どんな理由からそうなったかいまもってまるで見当が付かないが。

感じながらも惑い、だけど押し寄せる快感に流されてしまう。それにこの耐えがたい感覚。物心がついた頃にはもうおねしょなんてしていなかったから、このとんでもない状況はおおいに困る。

「お願い、です、トイレに……っ行かせて、ください」

「だめです。皆さんの前でどうぞ」

「う……ん……あぁっ……！」

くぱ、と鈴口を指で押し拡げられて再び彰仁は絶頂に達する。だがすぐに息を止めて漏らしそうなのを必死に堪えた。快感の極みに押されて、いまにも漏らしてしまいそうだ。

決壊寸前のところで理性にすがりついているのが気に入らなかったのか、章吾が顔を引き締め、いきなり顎を掴んできた。そうしてくちびるをいつになく強くぶつけ、舌を強引に割り込ませてくる。

「ン……！」

じゅるっと意地悪く啜られる心地《ここち》好さに思わず全身が弛緩する。その途端、しょろ…と、熱いしずくが漏れ出し、続いてじゅわぁ……っとスキャンティも椅子も濡らしていく。

割れ目から熱い液体がどんどん漏れ出ていった。最初はぽた、ぽた、という感じで垂れ落ちていったが、章吾に舌を狂おしく搦め捕られたせいでさらに理性のストッパーが壊れ、ぷしゃぁ……ととめどなく噴き出す。

「ん、ん……！」

目端に涙を滲ませなんとか止めようとするのだけれど、咥内を淫猥に舌でまさぐられて、止まらない。そのままはしたなく観衆の前で粗相を披露してしまった彰仁の足下に水溜まりができるのを確かめると、ようやく章吾は満足そうにくちびるを離して笑う。

「よくできましたね。あなたはほんとうにいい子だ」

「う、く、っ……ひど、い、しょうご、さん……っ」

男たちは一様に興奮したようで、競りを続けるのも忘れ、彰仁の痴態に見入っている。

「さあ、競りを続けましょう。一億に手が届きそうですが？」

「──一億五千万出そう」

太い男の声が上がり、彰仁はたったいま死ぬほど恥ずかしい場面を見られたにもかかわらずびくっと肩を跳ね上げた。見れば、大柄のいかつい男が堂々と足を組んでいる。両側にはボディガードらしき黒スーツに身を包んだ男が立っていて、後ろ手を組んでいた。あんな男に買われたら一晩で壊されそうだ。

「こわい、やだ、いやだ、しょうご、さん」

ここまで来て彼にすがりつくのもどうかしているが、章吾しか頼れない。龍一がどこに行ってしまったのかも相変わらず掴めないままだ。

これ以上ひどいことをされないなら土下座でもなんでもする。目端に涙を滲ませて彼の靴にキスさえするだろう。そこまで彰仁のこころは折れかけていた。

「しょうごさん……っ」

「一気に値段が上がりそうですね。……ここまでは予想どおりだ。ねえ、アキ？　──私のことを恨んで憎んで忘れられなくなるぐらいの値段で売られてみませんか」

「え……」

いまの声には聞き逃せないなにかが隠されていた。

あの理路整然とした章吾の声音に、なぜだろう。揺らぎを感じた。

言い換えればそれは寂しさ、ではないだろうか。

「……しょうご、さん……？」

ふっと仰ぎ見たのだが、天井から照らされるぎらぎらと強いライトのせいで章吾の顔が陰ってよく見えない。だから精いっぱいのことをした。

「章吾さん……好き、です」

すり、と彼の腕に頭を擦り付ける。

「わかって。僕はあなたや龍一くんを裏切ったりしないし、ずっと好きでいる。お願い、どうか信じてください……！」

「アキ……」

ぽつりとした言葉とともに、章吾の手が後頭部に触れ、おずおずと髪を梳いてくる。

「おい、こっちは一億五千万出すと言ってるんだぞ。なんだったら二億出してもいいから、その子の秘密を教えろ」

また太い声が響き、章吾が顔を引き締める。

判断力の早さがある彼にしてはめずらしく戸惑いを感じる。

「……そう、でしたね。競りの途中でした。一億五千万以上の方は……そちらの方、二億ですか？」

「ああ。それだけの価値はあるんだろう？　だったら少しでもいい、その子の秘密を教えろ。

そうしたらさらに金を積む」

「ふふ、おもしろい方だ。この子のほんとうの秘密を知ったらいまよりもっと出すというのですか」

「ああ。ずいぶんと愉しそうだからな。少しでもいい、その下着を横にずらしてくれないか。射精や排尿は充分愉しませてもらえた。でもきっとそれ以上のなにかがあるんだろう?」

男の声はねっとりといやらしく、まるで視姦するように彰仁の全身をじろじろと睨《ね》め回す。

スキャンティの奥の秘密さえ暴かれてしまいそうで、怖い。

「……ッしょうごさん……!」

「……少し、だけですよ」

ぐっと息を呑んで、章吾がもう一度ポインターを伸ばし、彰仁の大きく開いた足の奥——透け透けのスキャンティのクロッチ部分をずらそうとする。

先端の硬いゴム部分がクリトリスを刺激し、「んく」と鼻に抜ける声が出てしまったかと思ったら、慎ましやかな秘裂の中にポインターが挿入してこようとする。

「もっとだ。もっとはっきり見せろ」

男の興奮した声に、ポインターがくりくりとまぁるくそこをなぞってどんどんヒートアップしていく。そんな意地悪なもので苛めないで、いっそ章吾に犯されたい。

ほんとうに売られてしまうならば、最後に章吾に抱かれたい。貫かれたい。

自分でもどうかしていると思うほどの思考がぐるぐる駆けめぐり、すりすりと頭をきつく彼の腕に擦り付けた。

「……しょうごっ、さん、犯して……ぼく、を、売るなら……あなたに犯されてからが……っ」

いい、と言う前に男が「早くしろ！」と怒鳴り、腰を浮かしかける。

章吾の持つポインターに力がこもる。そのままスキャンティを脱がされてしまうのかと恐れの中で身を震わせた刹那《せつな》、部屋の最奥にある扉が大きく開かれ、ぶわっと風が入り込んでくる。まるで雄々しい熱を孕んだ獣が舞い込んできたかのように。

「三億だ。そいつは三億で俺がもらう」

「あ……！」

聞き慣れた太く懐かしい声に、彰仁はいち早く反応した。章吾は一瞬遅れを取ったが、彰仁の顎を背後から掴まえると引き戻し、「三億、ですか」とにやりと笑う。

スーツの男たちの合間を堂々と割って現れたのは、紛れもなく龍一だった。

いったい、いままでどこにいたのだろう。階段で見失ったときと同じシャツとデニム姿だが、その額には汗が噴き出し、煙草の匂いも振りまいている。彼は未成年で喫煙癖はないから、スモーカーが大勢いる場所にいたのだろう。

雄の逞しさを全身に滲ませ、龍一が眼前に立つ。

「兄貴、なにやってんだよ。三億出すつってんだろ、早くアキを解放しろ」

「龍一……そんな大金をおまえが用意できるのか？」

「できるさ」

不敵に笑い、龍一は彰仁の隣に立つと、すかさず膝をつく。

「可哀想に。つらかっただろう。いますぐに手錠も足枷も外してやるからな。ほら兄貴、三億を――」

「だったら三億五千万出す！」

男が焦れたように割り込んできた。目の前でみすみす獲物をかっさらわれてはたまらないのだろう。またたく間に値段が高騰していくことに背筋をぞくぞくさせていると、龍一はほっとするような笑みを向けてきて、「大丈夫だ」と囁く。

デニムのヒップポケットから、紙切れのようなものを取り出した龍一がひらりと章吾に突き出す。

「そこにあんたの好きな金額を書きな」

章吾は茫然とした顔だ。

「……白紙の、小切手か……いくら稼いだんだ」

「上限三十億」

にやりと笑って、龍一は肩越しに男を振り向いた。

「もしほんとうにアキが欲しいなら、三十億以上出しな。それでも俺はそれ以上の金を稼ぐげ

小切手
御堂龍一

どな。このビルをぶっ潰す勢いで」

　宣戦布告する弟を、兄の章吾はまじまじと見つめ、やがて肩をちいさく竦めた。

　場は静まりかえっていた。ぴんと張り詰めるような緊張感だけがこの場を支配し、采配を握るのが龍一なのか章吾なのか見定めているようだ。

「いかがですか。お客様、三十億以上ご用意できますか？」

　どこか上擦った声の章吾に、男はなにか怒鳴りたそうで口を開いたり閉じたりしている。だが、さすがにそれだけの軍資金はないのだろう。

「——帰らせてもらおう。今日のところはな」

　忌々《いまいま》しそうに席を立ち、ボディガードを連れて男は荒っぽい足取りで部屋を出ていく。

「おまえらもさっさと帰れよ」

　龍一の強い視線に撃ち殺されそうな他の男たちも慌てて立ち上がり、駆け出ていった。

　しばらくすると室内はがらんとし、章吾、龍一、彰仁の三人だけが残されていた。涙が出そうなほどの恐ろしさも嘘のように霧散し、静寂が戻ってきていた。

　章吾は退屈そうに白紙の小切手を指で挟んでひらひらさせたあと、つまらなそうにジャケットの胸ポケットに押し込む。

「カジノでいったいなにをやってたんだ」

「バカラ。レート最高にさせてもらったぜ」

「あ、の……」

　話が見えなくて、彰仁がそうっと声をかけると、「あのな」と龍一が頬擦りしてきた。

「階段で襲われただろう。あんたと引き離された俺は、うさんくさい部屋に押し込まれて、どう見ても怪しい女に占ってやると言われた。あの女、兄貴の仕込みだろ」

「まあな。……あのね、アキ。あなたにもわかるように説明すると、このビルのオーナーは当然私で、趣味のテナントばかりを入れてるんですよ。コスプレハウスに占いの館、ハプニングバーにこの秘密のオークション会場、それにちょっとした大儲けができるカジノもね」

　悪戯っぽく笑って、章吾が彰仁を拘束していた手錠や足枷をゆっくりと外していく。

「カジノはオークション同様上客しかやってきませんから、コイン一枚、最低でも二十万円以上から始まるんですよ」

「どんな外道カジノだよ。まあそういうわけで、占いの女に『金運が絶好調ですよ』と太鼓判を押された俺は次にカジノに連れ込まれた。この身体を引き換えに軍資金を作ってバカラに挑んだんだが、ほんとうにツキまくっててさ。三十億稼ぐまでにちょっと時間がかかっちまったが、兄貴がアキをどうにかしようとしてんのはわかってたから、絶対に強い基盤を作ってから助けたかったんだ。ごめんな、遅くなって。ひどくされただろ」

「ん、……ううん……、もう大丈夫だから……ありがとう、来てくれて……」

　自由になった身体にふわりと薄手のガウンを羽織らされ、彰仁はほっと息を漏らす。肌にやさしくまとわりつくそれは極上のシルクでできているようだ。

一時はどうなることかと追い込まれたが、やっぱり龍一は助けに来てくれたし、章吾はギリギリのところで踏みとどまってくれた。

ほんとうにひどい目に遭わされたわけではないとわかると、頭の芯がぼおっとし、急速に身体から力が抜けていく。

「おっと」

虚脱状態に陥った彰仁を受け止めた龍一はそのまま抱き上げ、「とにかく場所変えるぞ」と宣言する。

「兄貴のそのツラ、ボコボコにしねえと気がすまねえしな」

「……ま、おまえだったらそこそこは稼ぐと思っていたけど、まさか三十億とはな。私を破産させる気か」

「これが俺の才能なんだよ。あんたの弟なんだから出来がいいのは当然だろ」

妙なところで張り合う兄弟を見上げ、彰仁は龍一の胸の中でくすりと笑う。

「ありがとう……」

もう一度礼を言うと、龍一も章吾も拍子抜けしたような顔だ。それからともに破顔一笑し、両際から彰仁の頬にキスしてくる。

「場所を変えましょう。ホテルの部屋でゆっくり話すことにしましょう。アキをブランケットでくるんであげて、タクシーで」

「了解」

仲がいいのか悪いのかわからないふたりに挟まれて、彰仁は胸を熱くする。

その愛情のありかを、これからゆっくり確かめられるのだ。

最後まで諦めずによかった。

いま思うのは、ただそれだけだった。


龍一たちに連れていかれたのはビルからさほど遠くないシティホテルだ。ガウンとブランケットにくるまれた彰仁を抱きかかえた龍一は裏口から入り、章吾がフロントでチェックインの手続きを行った。それから最上階にあるスイートルームに連れ込まれ、見晴らしのいいリビングのソファにそっと下ろされた彰仁は、龍一に「なにか飲みたいか？」と訊かれたので、冷たい水を所望する。

すぐに綺麗なグラスにミネラルウォーターが注がれて手渡された。

こくり、こくりと飲み干していくとからからに干上がっていた身体が少しずつ潤っていく。

失われた指先や爪先の感覚がじわじわと戻りつつあるところへ、シャツの袖を腕まくりした章吾が部屋に入ってきた。

「お風呂に入れてあげますよ、アキ。どうせ龍一もついてくるんだろうけど。そこで種明かしをして差し上げます」

「俺がついてかなくてどうすんだよ」

彰仁のことになるとほんとうにこの兄弟はムキになる。そのことが可笑しくて、嬉しくて、微笑んでいると、章吾がちょっと申し訳なさそうな顔で彰仁の前にひざまずき、「申し訳ありません」と呟く。

「あそこまで追い詰めるつもりはなかったのですが——ちょっと私も引き際を見失いましたね」

そうして彰仁からガウンをやさしく剥ぎ取ると、龍一を連れて広々としたバスルームへと向かう。円形のバスタブは渦模様の美しい大理石でできており、すでに章吾の手によって湯が溜められていた。シャワーでざっと身体を流し、彰仁は章吾と龍一の手に導かれてバスタブへと足を踏み入れる。

オレンジのやさしい香りがバスルームいっぱいに満ちていた。

「はぁ……あったかい……」

ついさっきまで置かれていた闇のような状況とは雲泥の差に、繰り返し、よかった……と呟く。そんな彰仁を挟んで、章吾と龍一は腰を落ち着け、それぞれに愛おしげに髪や肌に触れてきた。

「ったく、どうしてアキをこんな目に遭わせたんだよ。まずそこから説明しろ」

「おまえはいつも性急に答えを欲しがりすぎる」

鬱陶《うっとう》しそうに言う章吾は眼鏡を外しており、普段より若めの印象だ。そして、少し不満そうな顔をしてアキの頬にくちづけてきた。

「……焼き餅、妬かせたかったんですよ。アキにね」

「はぁ？」

「……焼き餅？　僕が、章吾さんに？」

「ええ。あなたをめぐって龍一と争っているうちに、どうにも我慢できなくなってしまった瞬間があって。いつになったらあなたは私だけを選んでくれるんだろう、どうしたら私だけを目に入れてくれるんだろうと思って……あの日、あのファストフード店を通りがかったのは偶然じゃありません。アキ、朝からあなたのアパートの前で張っていて、こっそりあとをつけたんですよ。で、あなたは病院に行きましたよね？　その隙に女性占い師を呼び出して同行させ、あなたの気を惹くためにファストフード店の前を歩いたんですよ」

「わざとやったってのか」

「まあ、そうだ」

「兄貴のくせになんだそのガキっぽい行動……」

龍一は呆気に取られている。彰仁もだ。

冷静で理知的な章吾が焼き餅を妬いてほしくて一計を案じるなんて。

「で、でも、そのあと僕、章吾さんと会ったときその話しましたよね？　でも、章吾さん、なんでもない顔していたからそれ以上訊けなくて……」

「もっともっとむしゃぶりついてほしかったものですから。……だってアキ、私にこっそり隠れてこいつとセックスしたでしょう」

「なんだ、バレてたのか」

悪びれない顔で龍一が肩を竦め、「だって」と彰仁の肩を抱き寄せた。

「アキが心配して俺に相談してきたんだ。兄貴が怪しい女と一緒にいたって。最初に火を点けたのはあんただろ兄貴。あんたになじられる覚えはないけどな」

「……言われるまでもない。私が突き放せば弟を頼ることは計算の内に入ってました。だからこそ、余計にカッときてしまって……。前に会ったときに、アキのスマートフォンにこっそり盗聴アプリを仕込んでおいたんですよ。だから今日の動きも把握できました。龍一とふたりであのビルに来るとわかったから、オークションを開くことにしたんですよ」

章吾の言葉が脳内に染み込んでいくうちに、驚きと安堵《あんど》がない交ぜになる。気持ちを疑われて怒ってもいいはずなのに。「盗聴アプリってなんですか」とこめかみに青筋を立ててもおかしくないのだが、そうできないのは湯を両手ですくって己の顔に打ち付けている章吾がどこか気まずそうな表情をしているからだろう。

――このひと、こんな顔をするんだ。

そう思ったら、怒れない。

怒るどころか、ふわりとした愛情がこみ上げてくる。

「オークションで……僕のこと、ほんとうに売るつもりだったんですか？」

「とんでもない。とはいえ客は本物だったたし、まさか二億以上に跳ね上がるのはさすがに予想外でしたが、――その、どうせ龍一が寸前で助けに来ると思ってましたしね」

「占いの女が俺を煽っても、カジノで大負けしてたらどうするつもりだったんだよ。俺はいかさまなんか一切やってねぇけどな」

「私だってやらせてませんよ。真剣勝負で挑めとディーラーに言付けておきました。占い師はただのフラグです。龍一に火を点けるためにね。アキを賭けて、私と本気で勝負するために」

「じゃ、この賭けいただきだな。俺が大勝ちだろ」

「そうですね、と言いたいところだが、そうはいかない。オークション中にアキがちゃんと私にすがってくれましたから。『あなたが好きです』ってね」

「あ、あれは」

真っ最中の告白を覚えていたのかと思うとかあっと顔が熱くなる。

「あれは……本気ですけど、でもあの、ちゃんと龍一くんのことも好きだって言ったし……ふたりを信じてる、裏切らないからって……」

「あんな状況で私にしがみつくあなたが可愛くてね。私としたことがほんとうにあなたに参ってしまいました。うわべだとしても、あなたを客に売ろうとした私ですよ？　破廉恥な場面に追い込んで、お漏らしまでさせて」

「おい！　なんてことしてくれんだよ！」

さすがに黙っていられなくなったらしい龍一が声を上げ、章吾から彰仁を奪い取る。まるでぬいぐるみになった気分だ。

「……アキの大事な部分まで見せてないだろうな」

「それはギリギリでやめた。これは私とおまえとアキの大切な秘密だから」

くすっと笑って、章吾は彰仁を見つめ「ごめんなさい」と呟く。

「やりすぎましたね。あなたを欲しいがあまりに見苦しい嫉妬心を剥き出しにしてしまった。子どもっぽく振る舞って……あなたにすがってほしくて」

「大丈夫、です。あのときの僕の言葉はほんとうだから。章吾さんと龍一くんの間で揺れてい る僕自身にも責任があるんです。――いまここではっきり宣言します。僕は、あなたたちふたりを愛しています。なにがあってもついていくし、大切に想っています。そのうえで……なんですけど、僕からも告白があります」

「なんだ？」

「どんなことでもどうぞ」

熱心な顔を向けてくるふたりに、いまさらながらほだされてしまう気分だ。どんなにひどいことをされても最後は熱く愛してくれるとわかっているから、捨てられない。別れられない。離れられない。

「……引かれる、かもしれないけど……」

呟いて、彰仁は自分の下腹部に手をあてがう。

「あの……僕に……男性器の他に女性器もあるのはおふたりとも知ってますよね？」

「うん。それも含めてあんたが好きだしな」

「そこがアキの最大の魅力ですから」

「……前に、言ったことあると思うんですけど。クリトリスと膣《ちつ》はあるけど、子宮はないって。……でも、ここ最近ずっと違和感があって、決心して病院に行ったんです。もしかしたら大きな病気になったのかもしれないって」

そう言うとふたりの顔がいっぺんに青ざめる。

だから彰仁も違う違うというふうに手を振って、耳をちりちり熱くさせながらうつむいた。

「……じつは……僕」

「はい」

「どうした？」

「じつは……その、……子宮が、ある……っていうか、できた、みたいで」

まだちいさいんですけど、機能は正常で、妊娠もできるみたいなんです。

ぽそぽそと続ける中、章吾と龍一はほんとうに今度こそ言葉を失っている。

気持ち悪いって思われたかなと身を縮こまらせていると、先に龍一が両手を伸ばしてきて
ぐっと彰仁を抱き締めてきた。それこそ、力いっぱい。

「……さいっこうじゃん！　俺の子どもを産めるってことか？」

「う、……うん」

「私のもですか？」

「そ、うです」

脇からのぞき込んでくる章吾が顔をほころばせ、なんとも嬉しそうに頬に繰り返しくちづけてくる。

「私たちの子どもをあなたは産めるんですか？　ほんとうに？」

「……ほんとうです。まだもうちょっと成熟するには時間がかかるみたいなんですけど、……たぶん、大丈夫だって……でもこんな僕でも気持ち悪くないんですか？　手に余りませんか？」

「んなわけあるかよ。いままでも最高だったあんたにもうひとつ魅力が増したんだぜ。クリトリスも膣もペニスもアナルもあるうえに子宮までできたら、もうパーフェクトじゃねぇか。さすがに子宮を見ることはできないだろうけど……ん、でも俺ので突くことはできるかな」

「私だってできますよ。ねえアキ、あなたの中をぐりぐりしていっぱい射精してあげたい。子種を隅々まで染み込ませたい」

言っているそばから熱っぽい声になっていくふたりにぎゅうぎゅう抱き締められて、何度も何度もキスされて、彰仁まで嬉しさで声が出ない。

信じていたけれど、ここまで喜んでくれるなんて想定外だ。

「ここでいま犯したいけど、アキがのぼせちまうよな。ベッドでじっくり愛してやろうぜ」

「だな。龍一、バスタオルを」

「はいよ」

先にざばりと湯から上がる龍一がサニタリールームから大判のバスタオルを取って、「来い、アキ」と両手を広げてくれる。

彰仁も満面の笑みを浮かべて龍一の胸に飛び込み、背後から追ってきた章吾もバスタオルで挟み込んでくれた。頭のてっぺんから足の爪先までくしゃくしゃとタオルで拭われて早くも胸が狂おしい。

抱かれたい。めちゃくちゃにされたい。

まだ幼いけれど、できたばかりの子宮にもふたりの精液を注ぎ込んでほしい。

このくちびるでも後ろでも受け止めたい。

一番貪欲なのは自分かもしれないなと微笑み、彰仁はタオルの陰から背伸びをし、代わる代わるふたりに抱きついてキスをする。

「愛してます。章吾さん、龍一くん、ふたりだけのために僕の一生を捧げます」

「アキ……あまり可愛いことを言わないでください。気がおかしくなりそうです。私はいつでもあなたのために膝をついて誓いますよ。アキだけへの愛を」

「俺もだ。出会ったときからあんたしか目に入ってねえよ。アキ、愛してるぜ。俺たちふたりに抱き締められたらもう二度と離してもらえないって覚悟しろよ」

「……うん」

嬉しさがひたひたと胸に押し寄せてくる。

これが、ほんとうの愛情だ。それぞれにできうるかぎりの言葉と熱を持ち寄る時間が、もうすぐそこまで迫っている。


「ん、ぁ……」

甘く伸びやかな声に、四本の手がねっとりと全身を這う。

キングサイズのベッドに横たえられ、まずはくちびるで全身を愛された。右半身を章吾が、左半身を龍一が舐め取り、それぞれに乳首を吸ったり噛んだりして急激に彰仁を昂ぶらせていった。

普通ならば一対一で愛し合うのが常識なんだろうけれど、ふたりがかりで愛されるのが当たり前となったいま、身体の片側から熱が少しでも離れると物足りなくなってしまう。

いまもそうだ。右側から章吾が離れ、「ん……」と声を漏らすと、ベッドサイドのテーブルにジャケットを置いていた章吾が内ポケットからなにかを取り出して戻ってくる。

「今日はアキに可愛い飾りを施してあげましょう」

「なんだ？」

「ほら、これ」

龍一と彰仁にも見えるよう、章吾がしゃらりと軽い音を響かせる鎖を手のひらから垂らす。先端には綺麗な赤い石が輝いていた。

「なんですか、それ……」

舌っ足らずに言うと、章吾はにやりと笑い、石のついた鎖を丁寧に伸ばして彰仁の胸に置く。それから器用に首にはめ、そこから伸びる二本の鎖を右と左に垂らし、先の輪っかを乳首にはめ込んできゅうっと引き締めた。

「あ……ッ！」

「輪っかはシリコンでできているから傷はつきませんよ、大丈夫。少し痛いぐらいのほうがあなたはエッチになってしまうから」

ふふ、と笑って章吾が鎖をきゅっと引っ張ると、びりびりっと甘やかな刺激がそこを走り、立て続けに声が出てしまう。

「やぁっ、あ、っあ、んっ」

「……痛いのか、アキ?」

「ん、ん、いた……っく、な……っあぁ……っきもち、い……っ」

喘ぐ間も鎖を引っ張る力に強弱がつけられ、右の乳首はまたたく間に硬く淫らにふくらんでいく。

彰仁の痴態にごくりと息を呑んだ龍一が、左側の鎖をおそるおそる引っ張る。

「っん、も、りゅういち、くん、まで……っ!」

いや、いい、やめて、すごくいい、と懸命にせがみ、身悶える。

しゃらしゃらと鳴る鎖はすぐに体温を吸収して彰仁の胸の上で温まり、肌に溶け込んでいくようだ。火照る肌に赤い石がキラキラ映えてますます淫猥になっていくのを彰仁自身自覚することはできない。魅入られたように章吾が鎖を引っ張り、待ちきれないように龍一が輪っかごとがじりと乳首に噛み付いてくる。

「んく……!」

そのままちゅうちゅうと強く吸われてあまりの快《こころよ》さに射精してしまいそうだ。できたての子宮の奥もきゅんきゅん疼いて、どこからどう攻められたいのか自分でもわからない。

「弄ってほしいですか、アキ？」

「ん、ん、……いじって……」

「どこから？　どんなふうに？」

龍一がねろりと乳首を吸いながら言うのもずるい。そんなふうに言われたら、はしたないことを次々に口にしてしまいそうだ。

「あ、あ、……っ、下、……さわって……ぇ……」

「アキの女の子、久しぶりに私が先にいただきましょうか」

「だったら俺がアキの男の子を扱いてやる」

言うなりふたりは身体の位置を変えて、彰仁の腰の裏に枕を差し込んで高さを調節すると、すっかり硬くなったペニスに龍一が吸い付く。続いて両足を大きく広げさせた章吾がちいさな秘裂からあふれ出る蜜を啜るように舌を伸ばしてきて、一気に快感が増幅した。感度のアンテナが振り切って、いままでにない衝動が襲ってくる。

「～～～～～～～ッ……い……っ、あ、あ……！」

じゅっ、じゅっ、とペニスを吸う龍一の強さ。

ちろちろと割れ目をなぞる章吾の舌のしつこさ。

どちらにも敏感に反応してしまって、軽く達してしまう。

「ああ……っん……やぁ……っふたり、とも、舐め、すぎ……っ」

「もっと濡らしてやらないとな。ぐちょぐちょになりたいだろ、アキ」

「さっきのオークションで明かさなかったあなたの女の子は、やはり私たちだけの愉しみですね。ああ……可愛い……こんなに濃いピンクになって襞の奥までヌルヌルだ」

龍一が勃起した性器を頬張り、とくに弱い亀頭の割れ目からくびれにかけてをきつく口輪で締め上げるのに対し、章吾は彰仁の女の子の部分を指でくぱくぱと拡げて中に挿し込み、愛蜜をさらに漏らそうとしている。ふたりが争うようにクリトリスを弄るからまるっこくしこったそこは蜜でぬめり、彰仁に軽い絶頂を何度も与えた。

「んんンーッ……！」

ちょん、と龍一の舌先がクリトリスに当たった瞬間、快感がぶわっと弾ける。もう何度イったのだろう。びくん、びくん、と身体が跳ねているのに、苦しいほどの熱がまだ体内で暴れている。

わかっている。ふたりに貫かれないと発散できない秘密があるのだ。生まれたての子宮と、アナルの両方にふたりの精液をかけてもらわないともう満足できない。

「……っほし、い、……しょうご、さん、りゅう、いちくん、もぉ、ほしい……」

自分からも手を伸ばしてふたりを求めれば、あまりの淫靡さに息を呑んだ章吾と龍一が隆起したモノを指で扱き上げる。章吾のそれはきつく斜めに反り返り、角度が凶悪だ。長い竿で彰仁の奥の奥まで暴き、狂わせるのだ。龍一の逸物は根元から太く勃起し、バキバキに浮いた筋がなんとも卑猥だ。赤黒い亀頭の先からは透明なしずくが幾筋もトロリと垂れ落ち、彰仁の肌を濡らす。

「どっちにする、兄貴」

「じゃ、私が横たわってアキの女の子を責めてあげましょう。おまえは後ろからアキのアナルを埋めてあげなさい」

「ん、了解」

こんなときだけふたりは意見を見事にキャッチし、彰仁を快楽の虜にしていく。

「さあ、私に跨がってお尻をそのまま落として……そう、上手ですね。私をあなたの女の子で夢中にさせてください」

言われたとおりゆっくりと章吾の上に乗り、びっしょりと濡れた秘裂に肉塊を呑み込んでいく。中の襞は待ち構えていたかのようにうずうずと章吾を求めて蠢《うごめ》き、きゅうっと引き絞っていく。

「俺はこっちだ。アキ、お尻を上げられるか？　あんたの可愛い孔にずっぷり突き込んでやらなきゃな」

「ん、んっ」

快感に髪を振り乱し、背中を弓なりに反らせる。そうすると猫が伸びをするようなポーズになり、背後から襲いかかってくる龍一の男根をじわじわと受け入れてしまう。

「い……っ……！」

いままでに同時に襲われたことは何度もあったが、今日が一番感じる。

男の子であって女の子。

不思議な身体なのに、章吾も龍一も気味悪がることなく無心に愛してくれる。これなら、いつか子どもができてもメロメロに愛してくれそうだ。そんな日が来るのはまだ先だろうけれど。

ずぶずぶっと突いてくるふたりに揺さぶられ、サンドイッチにされた彰仁は身体中をべたべたと四本の手でまさぐられ、夢見心地だ。

女性器の肉襞が淫らにうねって章吾にまといつくのと同時に、アナルもきゅんきゅん締まって獣のように食い破ってくる龍一を締め付ける。秘裂とアナル、両方の蠢き方は違い、ふたりを夢中にさせているのは間違いないようだ。

ペニスは章吾の腹で擦られてイきっぱなしだし、乳首は後ろから龍一がつまみあげ、こりこりとねじっている。

ずんずんと腹の奥まで突いてくる龍一が耳たぶを噛んで、「悦い、か？」と囁く。

「悦い、きもちい、リュウの、おちんぽ、……すごく、おっきぃ」

「はは、いい子だなアキ。俺のがそんなに好きなんだ。んじゃ、ケツマンコにしてやるぜ。潮吹きできるぐらいガンガン突いてやる。ここでのイき方、もうわかってるだろ？　ちんぽを弄らなくても、尻だけでイけるようなエッチな身体だもんな、アキは」

荒っぽく息を吐きながら龍一が大きく腰を遣う。激しいピストンに目眩がして、思わず章吾にしがみついた。だが、彼も彼で彰仁の女性器を抉り、じゅぽじゅぽと下から突き上げてくる。

「私が先にあなたのできたての可愛い子宮に子種をあげましょうね。どぴゅどぴゅされちゃうのが好きでしょう？　アキのおまんこはとびきり柔らかくて熱くて……私をおかしくさせる。搾り取られそうですよ。私の精液を全部飲んでくださいね」

「い、く、も、イっちゃ……！」

「いいぜ、俺もイかせてくれ。兄貴も、だろ？」

「ああ」

「どっちの精液が強いか、試そうぜ」

低く笑って龍一がグラインドを大きくし、彰仁の尻たぶを強く掴んでくる。そして章吾も子宮を突くほど膣内を激しくかき回し、愛蜜を泡立てるぐらいにしてぬちょぬちょと音を立てて抜き挿しする。

「あ、――あ、イく……イっちゃうっ……！」

「……くっ」

「アキ……！」

章吾と龍一も呻き、彰仁がまたたく間に極みに達するのと一緒にどくんと吐精する。章吾は子宮に精液を送り込み、龍一は結腸にまで届くように。

「はぁ……っ、あ……っ……あぁ……っだめ、も、だめ……」

なのに龍一はまだ満足できないのか、息も荒く章吾と素早く身体の位置を変えて今度は泡立った秘裂にずぶっと挿し込んでくる。章吾もそうだ。息つく暇もなく後ろに回っていましがた龍一のモノで拡げられたばかりの孔に熱杭を打ち込み、ぐいぐいと突いてくる。

「やだ、やぁ、イってるのにぃ……っ」

「そこが悦いんだろ。アキの絶頂の瞬間、サイコーなんだよ。ぐっちょり濡れて俺をやらしく締め付けてくる。……ああ、あんたのまんこ、ほんとにやらけーな……マジで何度も犯したくなるぜ」

「わかるさ、その気持ち。私はアキのお尻も大好きですよ。龍一のモノでだいぶ熱くなってますね。こんなにドロドロに出されてなんて淫らなんだろう……ねえアキ、私の精液も混ぜてあげますね」

「や、んっ、あ、あっ、まだ、――まだ、あっ、も……っぉ……っ」

忘我の境地で彰仁はふたりに挟まれて、体内に熱を宿す。

「愛してますよ、アキ……私たちの子どもを産んでくださいね」

「もう我慢できねぇ。また出しそうだ。アキ、アキ……！」

体内に男をふたり咥え込んで、彰仁は絶え間なく喘ぐ。

龍一の逞しい胸を引っかき、腰を揺らして章吾を求める。

悦い、こんな繋がりがあるなんて誰にも言えないけれど、ふたりが知ってくれているならそれでいい。

「アキのおっぱい、可愛いぜ。なにか出そうだ」

ちゅうっと乳首を吸い上げてくる龍一にたまらず達し、再び章吾も龍一もどくりと放ってくる。悦すぎて、声がもう出ない。明日は身体が動かなさそうだけど、それもいい。

この身体はふたりのものなのだから。

値がつけられないほどの最高のものなのだから、愛してほしい。

芯から骨が蕩けるほどに。

いま、愛されている。


しまいには抱き潰されてしまうんじゃないかと怖くなるほどの半日を過ごし、最初に音を上げたのは彰仁だ。

「おなか……ぺこぺこです。腰もガクガクです」

そう言うと、シャワーを浴びたばかりの章吾と龍一が視線を交わしてくすくす笑う。

「ごめんな。いつもながらあんたに夢中になっちまって引き際を見失った」

「……なんか、お腹……変な感じ。空腹だけど……奥のほうが満たされていて……」

「私と龍一の精液をたっぷり飲み込んだからでしょう。最後にはドロドロになっていましたもんね、アキ」

「……もう！」

顔を真っ赤にしてなじるものの、まだ両足の奥がじんじんしている。ふたりの男根を咥えさせられたあとは自分からも口や手で愛し、身体中にその白くて熱い精を浴びた。

さすがに脱力した彰仁を龍一がバスルームに運んで綺麗にする間、章吾はなに食わぬ顔でホテルマンを呼び、ベッドのシーツを交換してもらったようだ。

蜜愛の時間を気取《けど》られただろうなと思うと顔から火が出そうだが、この空腹には負ける。いつもそうだ。章吾たちに愛されたあとは腹が引き攣りそうなほどの飢餓感《きがかん》に襲われる。

でも今日は外に出る体力はもう残っていない。

「どうしよ……腰が痺れて動けません」

「じゃあ、ルームサービスでも取ろう。な、兄貴」

「そうしよう。ここの料理は美味しいから、私たちが交互に食べさせてあげますよアキ。なんなら、しっかり咀嚼して飲み込ませてあげましょうか？　いずれ、私たちの子どもを持つならそういうことも必要でしょう」

「い、いえいえ、それはまだだいぶ先のことだろうと思うし」

龍一と章吾が代わる代わる料理をすくったスプーンを口に運んで噛み砕き、口移ししてくれる場面を想像すると身体が熱くなる。してみたいけれど、恥ずかしさが勝ってしまう。でも、実際にくちづけられたら拒めない気もする。

バスローブを羽織ったふたりが、先にソファに腰掛けていた彰仁を挟み、ルームサービスのメニューを開く。

「イタリアンにチャイニーズ、アジアン料理にフレンチもあるようですね。なににしましょうか」

「各料理から一品ずつ頼んでもいいな。せっかくのルームサービスなんだし、好き勝手しようぜ」

「そういうのもいいな。いま……ここには僕たちだけだもんね」

レストランに行くとなるとそれなりの服装やマナーが必要とされるけれど、密室ならば気にすることもない。龍一の言うとおり、各ジャンルの美味しい料理をちょっとずつつまむというのも楽しそうだ。

「羽目、外しちゃいましょうか」

くすっと笑ってふたりの頬にくちづける。

「……僕もまだ、章吾さん龍一くんといちゃいちゃしたいし」

「私もです」

「気が合うな、俺もだ」

三人で顔を見合わせ、笑い出す。空っぽのお腹に笑い声が響いてちょっと苦しいが、しあわせな痛みだ。

空っぽになるまで愛されて、そこをまた満たしたらまた求め合う。繰り返し繰り返し、そのルールを守ればいつかはこれ以上ないハッピーエンドに辿り着けそうだ。

「僕、この海老(えび)とアスパラのバター炒めが食べたいな」

「俺はチャーハンと青椒肉絲(チンジャオロース)、麻婆豆腐(マーボードウフ)も食べたい」

「私はアボカドのサラダと、菠薐草(ほうれんそう)とベーコンのスープパスタにしましょう。私とアキはワインも飲めそうですね。龍一、おまえはジンジャーエールで」

「へいへい。あと二年待ってろよ」

ふんと鼻を鳴らす龍一に、彰仁は寄りかかって微笑む。

「ジンジャーエール、僕も大好きだよ」

「ワインもでしょう?」

隣から章吾がのしかかってきて、また三人で笑ってしまった。

それから龍一がフロントに通じるコードレスフォンを取り上げる。章吾はやさしく彰仁の髪をまさぐってくる。

閉じられた部屋で、満ち足りた時間はまだまだ続いていくのだ。

甘蜜フューチャー ～欲しがる未来を描いて～

「そろそろ食洗機買おうかなぁ……」

鼻歌を歌いながら、彰仁《あきひと》は夕飯後の食器を洗っていた。三人分だから多めで、シンクは泡立っている。面倒ではあるものの、今日もよく食べたなと確認できるから食器洗いは結構好きだ。

大学生になった龍一《りゅういち》とその兄の章吾《しょうご》、そして自分の三人の同居生活は一年前にスタートした。

どちらも彰仁との同居を望んだので、龍一の大学入学をきっかけに都心の新築マンションで新しい生活を始めることにしたのだ。

ふたりとも争うように彰仁の世話をしたがったが、自分は自分でしたいこともある。だからじゃんけんで家事の曜日担当を決め、土曜の今日、食器洗いは彰仁がキッチンに立っている。

今夜は青椒肉絲がメインだった。章吾が手早く作ってくれて、玉子と若布《わかめ》のスープもとても美味しかった。ボウルいっぱいのサラダは彰仁が好きな海老が彩っていて、ついつい箸が進んだ。このところ、自分でも食欲旺盛だと思う。体重が気になるところではあるが、「しっかり食べて今後に備えてくださいね」と章吾にも言われているし、明日の料理担当である龍一が作るモーニングも楽しみだ。

三人分の食器を次々に洗い上げていると、「アキ」と声がかかる。

振り返ると、オープン型のキッチンの入り口に龍一が立っていた。

「龍一くん、どうしたの？　なにか飲みたい？」

「や、手伝うことないかなって」

「食器洗いならもう終わるよ。大丈夫。食後のお茶でも淹れようか」

「ん……それもいいけど」

龍一はめずらしく口ごもり、水切り籠に食器を置く彰仁の頭のてっぺんから足の爪先までじっと見下ろしていく。熱っぽいその視線を受けて、ちょっと落ち着かない。

彼が発する雄の熱にたじろぎ、「……えっと」と泡のついた手を洗って流水を止めた。

「もうお風呂入った？」

「入った」

「じゃ、冷たい飲み物でも……」

「そうじゃなくてさ。……アキが欲しい」

「え」

「あんたが欲しくて欲しくてもう我慢できないんだ」

思いがけない言葉に彰仁は目を瞠った。

え、え、と声を上擦らせ、身じろぎもできない彰仁に龍一は一気に距離を詰めてくる。

「もう何か月してないと思う？　四か月だぞ、四か月。ぜってぇあんたのいやがることはしないし、全力で守るって決めてるから無茶な真似はしねぇけど……それでも限界なんだよ。アキが欲しい」

「でも、いまの僕は」

「わかってる。お腹に俺たちの子がいるんだもんな。だけどさ、安定期に入るまでお預けを食らってたら俺は死ぬ」

「大げさだよ」

つい笑ってしまいそうだったが、龍一の真剣な顔に思いとどまる。

そうなのだ。このお腹には、龍一、もしくは章吾の子が宿っていた。妊娠四か月目で、安定期に入るまではもう少し時間が必要だ。ふたりとも彰仁の妊娠がわかったときそれはもう大喜びで、三日続けてお祝いのパーティを開いたぐらいだ。

ふたりがかりで愛される日々の中、ほんとうに子どもを産むことになろうとは思わなかったが、神秘に満ちた身体だ。神様は大きな試練を彰仁に与えたが、そのご褒美に龍一と章吾、そしてそのふたりのどちらかの子どもという大切な存在をもたらしてくれた。

女の子か男の子か、どちらが産まれるかまだわからないけれど、三人のパパを持つこの子は心底大切に愛されるだろう。そのことだけは確信できる。

思い耽っていると、がっしりと両肩を掴まれ、熱っぽく頬擦りされた。

「なぁ、頼むよ。あんたの匂いを嗅ぎながらしてぇ」

「な、なにを」

「ここで自分でするからさ、あんたに見ててほしい」

「は？」

「俺のオナニー。見てて」

言うなり龍一はハーフパンツの縁を下着ごと下ろし、すでに半勃ちしているそれを見せつけるように指を絡めた。

根元から勃ち上がる龍一のペニスは凶悪な太さで、バキバキに太い筋が浮いている。ごしゅごしゅと自分で何度か扱くうちにまたたく間に隆起し、彰仁に息を呑ませた。

龍一は自分のものをこんなふうに触れるのか。彼の自慰を見るなんて当然初めてだから、目を奪われて逃げることもできない。

龍一は冷蔵庫に寄りかかり、赤黒い怒張をねっちりと扱いてみせた。根元からくびれにかけて指でなぞり、太い裏筋をあらわにする。そうするだけでむわりと雄の濃い精臭が立ち上り、くらくらしてくる。媚薬《びやく》でも嗅がされたかのように、たちまちセックスのことしか考えられなくなる匂いに釣られて手を伸ばすと、龍一が期待に満ちた目で見つめてくる。

「触ってくれるか？」

「うん……」

「ほんとうならあんたのも見ながら扱きたいけどな」

くすっと笑って、龍一がくちづけてくる。お腹の子に衝撃を与えないよう、重々気をつけていることがわかって彰仁も舌を絡みつけた。

「ん――ふ……」

唾液を深くやり取りするキスも久しぶりだ。

妊娠がわかってからは彰仁も自重していたし、自然とセックスのことは頭から抜け落ちていた。だが、こんなふうに誘われると火が点いてしまう。

手の中で龍一の雄々しさを確かめ、にゅるりと熱い先走りを指に移し取って舐める。

「すごく濃い……」

「溜まってるからな」

息を切らす龍一が手を早める。いまにも達しそうなその男らしい色香のある表情を見ていたらたまらなくなってきた。

「龍一、くん……舐めたい」

「え、……っおい、アキ」

するりとひざまずき、彼のものに顔を寄せた。

濡れた舌を大きくのぞかせて龍一のペニスにあてがう。胸いっぱいに彼の匂いを吸い、じゅるっと亀頭を啜り込んだ。

「アキ……！」

「ん、っん、んん」

一瞬戸惑ったものの、積極的な口淫には抗えないのだろう。龍一が腰をゆるく遣ってくるので、彰仁も口いっぱいに頬張って顔を前後に揺する。

口蓋を大きな亀頭で擦られて、じわりと淫らな熱が身体中に染み込んでいく。キスされるときもそうだが、上顎に触れられると弱い。舌でも指でも、亀頭でも。

頬肉の内側に押しつけて舌先で割れ目を弄り、射精をうながしてやると龍一の息がますます荒くなる。抑えようとしても腰が勝手に動いてしまうところがまだ若々しくてどこか可愛い。

飲ませて、と言うように彼の腰を両手で掴んでじゅぽじゅぽと舐めしゃぶった。

「っふ、ぁ、ぁ、っ」

「アキ、――アキ」

切羽詰まった龍一が追い込んできて、彰仁の後頭部を両手で捕らえた。少しだけ激しく動かされて「んん」と喘げば、口腔内の男がますます大きくなり、喉奥まで届く。

「く、――出る……っ」

「ん……！」

どくりと強く放たれて、熱いしずくをしっかりと飲み込んだ。

噎せそうなほどの精液が口の端からこぼれ落ちていくのがもったいない。懸命に太竿を舐め回し、手で扱き上げて最後の一滴まで搾り出してやると、頭上からたまらないような吐息が落ちてくる。

「アキ……」

「――なにやってるんですか、こんなところで」

「ん……！　しょ、章吾さん……っ」

突然割り込んできた声にハッと身体を離した。

いつの間にか章吾が龍一の背後に立っていて、呆れた顔をしていた。その様子から、少し前からこの場に立ち会っていたようだ。組んでいた腕を解いて彰仁を立ち上がらせると、龍一の頭を軽くはたく。

「ケダモノかおまえは」

「いつから見てたんだよ。声かければいいだろ」

「それでやめるタマじゃないだろう」

「ああ、やめねぇけど？」

堂々と言い返す弟にふんと鼻を鳴らし、章吾は彰仁の背を押してリビングのソファへといざなう。先に彰仁を座らせ、まだ濡れている口元をティッシュで拭ってくれた。

「まったく我が愚弟がご迷惑をおかけしました。あなたの大切なくちびるを性器扱いするなんて」

「兄貴だって何度もフェラしてもらってんじゃん。アキが妊娠する前に俺にこっそり隠れて何度かしゃぶりっこしてただろ。知ってるぞ」

「盗み見をする暇があるなら勉強しろ。大学一年から単位を落としたら怒るぞ」

「んーなアホなことするかっつうの。あんた、自分の弟がどんだけ出来る男かまだわかってねぇのかよ。なあアキ？　水飲むか？」

「うん」

こくんと頷くとすっきりした顔の龍一が身支度を調え、冷蔵庫からミネラルウォーターのペットボトルを取り出す。

そして彰仁を挟み込むかのように章吾の反対側に腰掛け、ボトルの蓋をキリキリとねじ開け、水を口に含んで唐突に顎を掴んできた。

「ん――……！」

冷たい水を口移しされて、喉を鳴らす。

「おいし……」

甘く感じられる水を二口飲んだところで黙っていられなくなったのか、章吾が弟からボトルを奪って水を飲み、彰仁のくちびるを奪う。

「っん、ん！」

形のいい冷ややかなくちびるから少しずつ水が移ってくる。

同じ血を引いた兄弟だからか、根本的な強さはとてもよく似ている。そして、彰仁を浮つかせる快感の引き出し方も。

「しょ、ごさん……っ」

舌を甘くきつく吸われて一瞬のうちにのぼせた彰仁は章吾の胸にすがり、息を喘がせた。たったひとつのキスでこれほど舞い上がらせられるなんて。

「弟の味は濃かったようですね」

ちらっと舌舐めずりして章吾が笑う。なんだかとても罪深いキスをした気がする。

「こんなに蕩けた顔をして……私まで我慢できなくなるじゃないですか」

「章吾さんのも……舐めましょうか？」

「だーめ。身重なアキにこれ以上無理はさせられません。それより、あなた自身はどうなんです。身体が疼いて仕方ないんじゃないですか」

「は……ぁ……っ」

首筋から胸、そして両腿の奥へと手を這わされ、ぞくぞくしてくる。いけないと己を戒めても、勝手に足が開いてしまう。

「あ……奥、……奥が、じんじんして……」

「どっちが？　女の子？　それとも男の子のほう？」

「ん……お、……お尻……のほう……」

くすりと笑った章吾が慣れた手つきで彰仁を浅く座らせてルームウェアの中に手を差し込み、するっと窄まりへと手を滑らせる。

「相変わらずきつく締まってますね、アキのここは……いますぐに私を呑み込ませたいが、も

う少しだけ我慢ですね。指でイかせてあげましょう」

「あ、あぁ……っ！」

つぷり、とアナルに指が柔らかく挿ってきて、熱い媚肉をかき回す。

「おいおい、俺の見てる前で勝手に始めんなよ」

片側から龍一が不満そうにのぞき込んできて、がら空きの乳首をきゅうっと意地悪くつまみ、彰仁を喘がせた。

「ん、やぁ、っあ、悦い……っ龍一、くん、章吾さん……」

「リュウとショウ、そう呼んでくれるのはいつですか?」

低く笑う章吾が彰仁のペニスをあらわにして遠慮なく口に含み、窄まりを指で犯し続ける。

背後から覆い被さってくる龍一が「ミルク、出ねぇかな……」と囁きながら耳たぶを噛んできた。

いまにも快感が弾けそうで、視界が白く輝いていく。

ふたりはどこまでも追いかけてきそうだ。


あーん、と元気な声に彰仁は微笑み「はいはい」とソファから腰を上げてベビーベッドをのぞき込んだ。

元気な男の子がぱたぱたと両手足を振ってミルクをせがんでいる。

「お腹空いた？　待っててね、いま用意する」

「お、誠《まこと》、目が覚めたのか？」

「ミルクだったらもうできてますよ」

日曜の午後、リビングに集っていた龍一と章吾が一斉に立ち上がり、彰仁のもとへと駆け寄ってくる。龍一は昼食後の片付けをしていて、章吾は一足先にミルクを作ってくれていたようだ。どことなくわくわくした顔で哺乳瓶を渡してくれる彼に「ありがとうございます」と礼を告げ、生後半年の我が子を抱き上げてまたソファに戻った。

んく、んく、と元気よくミルクを飲むこの子には誠実に育ってほしいという願いを込めて、誠、と名付けた。

帝王切開で無事に出産した彰仁はその後の経過もよく、章吾たちが手厚く世話をしてくれたおかげで愛しい我が子と健やかな毎日を送ることができた。

きりりとした目元は龍一似、綺麗な形のくちびるは章吾似。全体の柔らかな雰囲気は自分に似てくれたかなと思う。

龍一と章吾、どちらの血を引いているか。ＤＮＡ検査をしようという声は誰からも上がらなかった。誠は三人にとって初めての子で、一粒種だ。誰の子かなんて関係ない。

「ほんっと、三人のいいところ取りだな、誠は。おし、パパのところに来い」

ミルクを飲み終わった誠を受け取ると龍一は上手に背中を撫でて可愛らしいげっぷをさせている。若いパパは日々育児書を片っ端から読みあさり、余念がない。

「では次は私に」

「ほいよ」

新しいスタイ《よだれかけ》を持って待っていた章吾に誠が渡る。章吾も慣れた感じでスタイを取り替え、愛おしそうに我が子に頬擦りしていた。章吾も龍一も地域の育児教室に積極的に参加し、パパとしてのこころ構えは充分にできているようだ。

お腹がいっぱいになった誠は機嫌よく、みんなににこにこしている。その一瞬一瞬が可愛くて見逃したくなくて、彰仁はスマートフォンでパシャパシャとシャッターを切り続ける。途中からムービーに切り替えた。毎日こんなふうにたくさん写真を撮っているものだから、外付けのハードディスクドライブはこの間さらなる大容量に買い替えたばかりだ。

「また出力してアルバムに貼りましょう」

「そうだな。写真を厳選してるときが一番楽しいよな」

「誠、ふふ、空腹が満たされてまた眠ってしまいましたか？」

笑っている章吾の腕の中であやされて誠はしばし指遊びにじゃれていたが、うとうとしてきたらしくとろんと瞼を閉じている。よく寝てよく遊んでよく食べるいい子だ。

ベビーベッドに誠を寝かせ、枕元でそっとオルゴールを鳴らす。「くるみ割り人形」は誠の大好きな曲で、いつも聞かせている。

天使のような寝顔に三人で見入り、誠の息遣いがゆったりしたものに変わっていく頃、龍一が腰を抱いてきた。

「……アキ、今日は約束の日だ。覚えてるか?」

「うん、覚えてる。誠が生まれて半年目」

「体調はどうですか。無理は禁物ですよ」

「昨晩ぐっすり寝たし、今朝早くシャワーを浴びて準備したから……大丈夫です」

恥じらいながら答えると、ふたりが待ちきれないかのように顔中にキスを降らしてくる。

——誠が生まれて半年経ったら。

ふたりに久しぶりに身体を委ねようと約束をしていたのだ。

龍一は昨日からずっとそわそわしていたし、日頃冷静な章吾も早朝に目を覚ましていた。そんなふたりが可愛く見えてしまうのだから、自分も大概ベタ惚れだ。

ふたりに手を取られ、ベッドルームへと連れていかれた。扉は開けたままなので、誠の様子も伝わってくる。

彰仁自身、この日をこころ待ちにしていた。

妊娠中もそうだったが、産後の身体が落ち着くまではと龍一たちは辛抱強く我慢してくれていた。たまには口や手で愛することもあったが、深い繋がりは今日まで取っておいたのだ。

昼間の明るさから遠ざかり、薄闇が広がるベッドルームに入ると途端に密度の高い空気が支配する。

彰仁をベッドに横たえたふたりはそれぞれ両側を陣取り、べたべたと甘ったるく身体に触れてきた。章吾が髪を梳いてキスをすれば、龍一はルームウェアのトップスをまくり上げて早々に乳首にむしゃぶりつく。

ついさっきまでパパの顔をしていたふたりが性的な雄の匂いをまき散らしてまとわりついてくるのがたまらない。

「アキ、乳首カチカチだぞ」

「ん、っん」

「女の子もヌルヌルになっていますね。もしかして準備中に自分でちょっとしました?」

「あ、ん、少し、触った――だけで……」

ボクサーパンツと一緒にボトムを引き下ろされ、蜜をたっぷりまとった下肢をふたりの前に晒した。秘裂からあふれる愛蜜を指でかき回す章吾が、そのままじわりとクリトリスを押し潰してくる。久々のその感触にきゅうっと内腿に力を込め。彰仁は身体を震わせた。やっぱり章吾の長い指で意地悪されるのは好きだ。龍一に乳首を囓られて強く吸い上げられるのも。

「あんたのおっぱいを欲しがるのは誠だけじゃないよな」

「バカ……もう……」

乳首を舐め回して尖りを淫らに勃たせる龍一の黒髪をくしゃりと掴むと、蜜壺へくにゅりと舌をねじ込まれた。

「あ――あッ、しょう、ごさん……！」

クンニリングスは章吾の得意技だ。長い舌で彰仁を翻弄し、ちいさな肉芽をぷっくりとふくらませた挙げ句、柔らかな割れ目へ指を奥深くまでねじ込む。ぐしゅぐしゅっとかき回されればお腹の奥に卑猥な熱が点《とも》り、ふたりを欲しがってしまう。

「久しぶりだから、お尻とここ、両方を愛してあげましょうか」

「ん、ん、して、して……」

待ちきれずに自ら腰を振ってしまう。

すると彰仁を四つん這いにさせた章吾が背後に回り、しっかりと尻を引き上げてからアナルへと舌をもぐり込ませる。今日の彼は彰仁を舐め尽くしたいらしい。

「兄貴、先に挿れていいか？」

「ああ、やさしくするんだぞ」

「了解」

低く笑う龍一に跨がる格好になった彰仁は彼の厚い胸に手をあてがい、軽く腰を浮かす。怒張が割れ目を抉り、ずずっと奥へ突き込んできた。

「あ、ァ、あぁっ……！」

「く……っ、やーらけぇ……やっぱアキのおまんこ最高だよな。とろっとろじゃねぇかよ」

「あん、っ、あ、ん、りゅ、いちくん、つよ、いっ」

「止まんねぇんだよ」

腰骨を掴んで激しく突き上げてくる龍一のモノがごりごりっと子宮を擦る。一度子どもを産んでいるせいかそこは以前よりも柔らかく熱く龍一を受け止め、ねっとりと絡みつく。淫猥な動きには彰仁自身が照れてしまうほどだ。

「あーアキ……もっと奥まで突いてやる」

「ん……あ、りゅういちくん――章吾、さんっ……！」

「私を忘れちゃいけませんよ」

ちいさなアナルを解していた章吾がゆっくりと身体を重ねてくる。鋭い凶器のような性器がずぶずぶと抉り込んできて、ふたりに挟まれた彰仁はひっきりなしに喘いだ。

こうして三人で愛し合えば、いまも時を忘れてしまう。

窄まりを犯してくる章吾のモノは相変わらず硬くて長く、奥の奥まで暴いてくる。

「ああ……いいですね。アキの中が悦んでジュッパジュッパ吸い付いてくる。S字結腸まで届いてますか？」

「んっ、っん、おく、あ、あっ、もっとぉ……っ」

「アキ、こっちもだ。いっぱいぐりぐりしてやるからな」

下から蜜壺を貫いてくる龍一のモノも逞しく、潤んだ肉襞でその太い筋を感じ取ってしまうぐらいだ。

二か所同時に攻められるうえにくちびるは龍一に奪われ、乳首は章吾に弄られて感度が鋭くなっていく。昂ぶりは収まらず、ああ、と声を漏らして彰仁は懸命に腰を振った。

「おね、がい、だめ、もぉイっちゃう、イかせて……！」

「いいですよ。久しぶりのセックスなんだから何度でもイって」

「俺たちの精子もたっぷり注いでやる」

「ん――……！　イく……っ！」

ぐうっと背筋を反らして絶頂に達する彰仁のうなじに、章吾が深々と噛み付いてきた。ほっそりしたそこに歯形をつけたがるのが章吾の癖だ。片や龍一も絶頂が近いらしく、痛いぐらいに腰骨を掴んで打ち付けてくる。

太竿で内部を深く穿たれ、気が狂いそうだ。

「やぁっ、イってるのに……イってるのにぃ……っ」

「まだだ、まだイけるぜ」

「そう、天国はもう少し先ですよ」

「ン――……！」

まばゆい煌《きら》めきが視界に躍《おど》ったとき、ふたりがぐっと息を詰めて同時に撃ち込んできた。

どぷりと漏らすほどの精液を受け止め、彰仁は身体を大きく震わせる。

久方ぶりの交尾にふたりも止まらないようで、長々と射精し、ふたつの秘めやかな孔を濡らすのに夢中になっていた。腰を抜き挿しするたびにぬる、ぬるりと卑猥な音が響き、たまらない。身体中を這い回る手やくちびるに蕩かされてしまいそうで、彰仁はひとつ息を吐いてくたくたと倒れ込んだ。

「アキ、美味しかったぜ」

「私もですよ。こんな美味な身体、世の中にふたつとありません。ふふ、どこもかしこもきゅんきゅん締め付けて……ほんとうに可愛い」

耽溺《たんでき》とでも言うべき言葉を吐いて章吾は彰仁の丸く形のよい尻を両手で掴んで捏ね回し、まだ中で射精を続けている。残滓《ざんし》を尻の隅々にまで染み込ませたいらしく、しつこく揉まれるのが心地好い。

「このまま、ふたりめを作ってしまいましょうか」

「賛成。つか、せっかくなら三人欲しくねえ？　俺たちの愛情は重たいからさ、ひとり、ひとりずつ。だったらいまみたいに奪い合わないでもう少し余裕を持って愛せるだろ」

弟の提案に、兄も鷹揚に頷き、彰仁の耳たぶを甘く噛んできた。

「どうします、アキ？　あとふたり、私たちのために授けてくださいますか？」

「絶対に苦労はさせない。あんたと子どもたちをしあわせにするのが俺たちの役目だ」

「もう……」

ちゅっ、ちゅっと強めのくちづけを繰り返されながら求められれば、断れるわけないではないか。

「いい……ですよ。みんなでしあわせに、なりましょう」

でもいまは、もう少し。

そう微笑んで、彰仁は身体をひねって章吾とキスを交わし、龍一の硬い叢《くさむら》を指でかき回す。

「もう少しだけふたりを欲しがっても……いいですか？」

「もちろんです。私もそう言うところでした」

「俺だって」

やっぱりこのふたりはどこまでも競い合いたいらしい。

くすくす笑って、彰仁はゆったり身体を動かし始める。

擦れて、ねじれて、ゆるやかに蕩け合う三人の熱は、まだまだ上がりそうだ。

あとがき

ふたなりの3Pという究極のイロモノ本です……！　以前、ダリア様のウェブで連載させていただいたものを大幅加筆修正し文庫にしていただきました。男の子なのに女の子でもあるという謎めいた（と言っても開始数ページでバレますが笑）彰仁を、クールな章吾と雄っけ強い龍一の兄弟が争って欲しがるという話、いろいろ挑戦したくて淫語も炸裂だし毎回毎回エロに没頭していました。こうして一冊にまとまるとなんとまあやりたい放題というか笑。連作形式になっているので、お気軽に読んでいただけたら嬉しいです。

挿絵を手がけてくださった黒田屑《くろだくず》様。なんとも言えない色香を放つ強烈な三人を描いてくださり、ほんとうにありがとうございます……！　彰仁を取り合う御堂兄弟の不遜な感じが堂々と全面に出ていて小躍りしたくなってしまいます。お忙しい中、ご尽力くださったことにこころより感謝申し上げます。重ね重ね、ありがとうございました。

担当様。いつもお優しい言葉で励ましてくださったことが忘れられません……！　章吾と龍一のどっちがお気に入りかも聞かせていただけて嬉しかったです。

この本を手に取ってくださった方。アキをめぐる対照的な兄弟がお眼鏡にかないましたら、ぜひご感想をお聞かせくださいね。それでは、また次の本で元気にお会いできますように。

秀　香穂里

イラスト担当の黒田屑《くろだくず》です。
このペースでベビーが増え続けると
数年後の御堂家は
ビッグダディも驚きの大家族に
なっている事でしょうね！笑

神秘の身体をもつ彰仁くんなので、
いつかは自然分娩もやってのけるでしょうし、
その暁には是非サッカーチームを作れるくらい
沢山の可愛い子を産んで、賑やかで
愛に満ちた家庭を築いて欲しいです♡

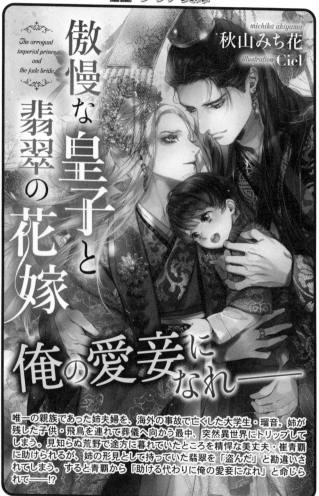

ダリア文庫

春淫狩り
―パブリックスクールの獣―
高月紅葉
ill. 笠井あゆみ
Shuningari
Public school no Kemono
Momiji Kouduki
illustration Ayumi Kasai
愛執×処女オークション
伝統あるパブリックスクールの副生徒代表・ローレンスは、凛々しい優美さで人気を集めている。ある日、欲望をこじらせた同級生の罠にはまり、処女オークションにかけられることに…。しかし、落札したのは幼なじみで生徒代表のロチェスター。彼はローレンスの想い人だった。長年、確執があった彼の真意がわからず、戸惑いながらも「抱かれたい」と思う自分を恥じるローレンス。けれど、ロチェスターに、何度も激しく抱かれる程、想いはつのり――。

＊大好評発売中＊

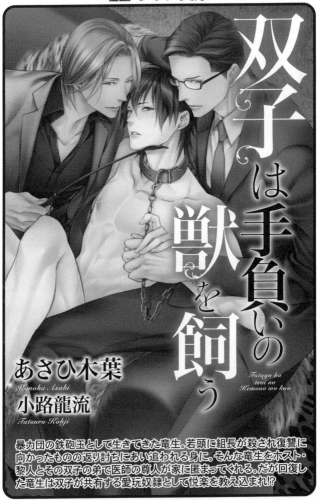

初出一覧

兄弟サンドイッチ ～触れられるとトロリと蕩けて…～
独占欲ラヴァーズ ～映画館の暗闇で隙間から兄弟の指が…～
溺愛エンドレス ～猫コスで甘く発情して～
※上記は、電子書籍「両性具有」(2016年9月～2017年12月配信)を改題・加筆修正
熱情ゴージャス ～駆け引きで甘く落として～ …………………………… 書き下ろし
甘蜜フューチャー ～欲しがる未来を描いて～ …………………………… 書き下ろし
あとがき …………………………………………………………………………… 書き下ろし

ダリア文庫をお買い上げいただきましてありがとうございます。
この本を読んでのご意見・ご感想・ファンレターをお待ちしております。

〒170-0013 東京都豊島区東池袋3-22-17 東池袋セントラルプレイス5F
(株)フロンティアワークス ダリア編集部
感想係、または「秀 香穂里先生」「黒田 屑先生」係

この本のアンケートはコチラ!

http://www.fwinc.jp/daria/enq/
※アクセスの際にはパケット通信料が発生致します。

兄弟サンドイッチ ～媚肉の宴～

2019年10月20日 第一刷発行

著 者
秀 香穂里
©KAORI SHU 2019

発行者
辻 政英

発行所
株式会社フロンティアワークス
〒170-0013 東京都豊島区東池袋3-22-17
東池袋セントラルプレイス5F
営業 TEL 03-5957-1030
編集 TEL 03-5957-1044
http://www.fwinc.jp/daria/

印刷所
中央精版印刷株式会社